Millénium, Stieg et moi
Eva Gabrielsson
& Marie-Françoise Colombani

ミレニアムと私

エヴァ・ガブリエルソン
マリー＝フランソワーズ・コロンバニ　岩澤雅利 訳

早川書房

スティーグが母方の祖父母と暮らしていた木造の家。スウェーデン北部、ヴェステルボッテン県。

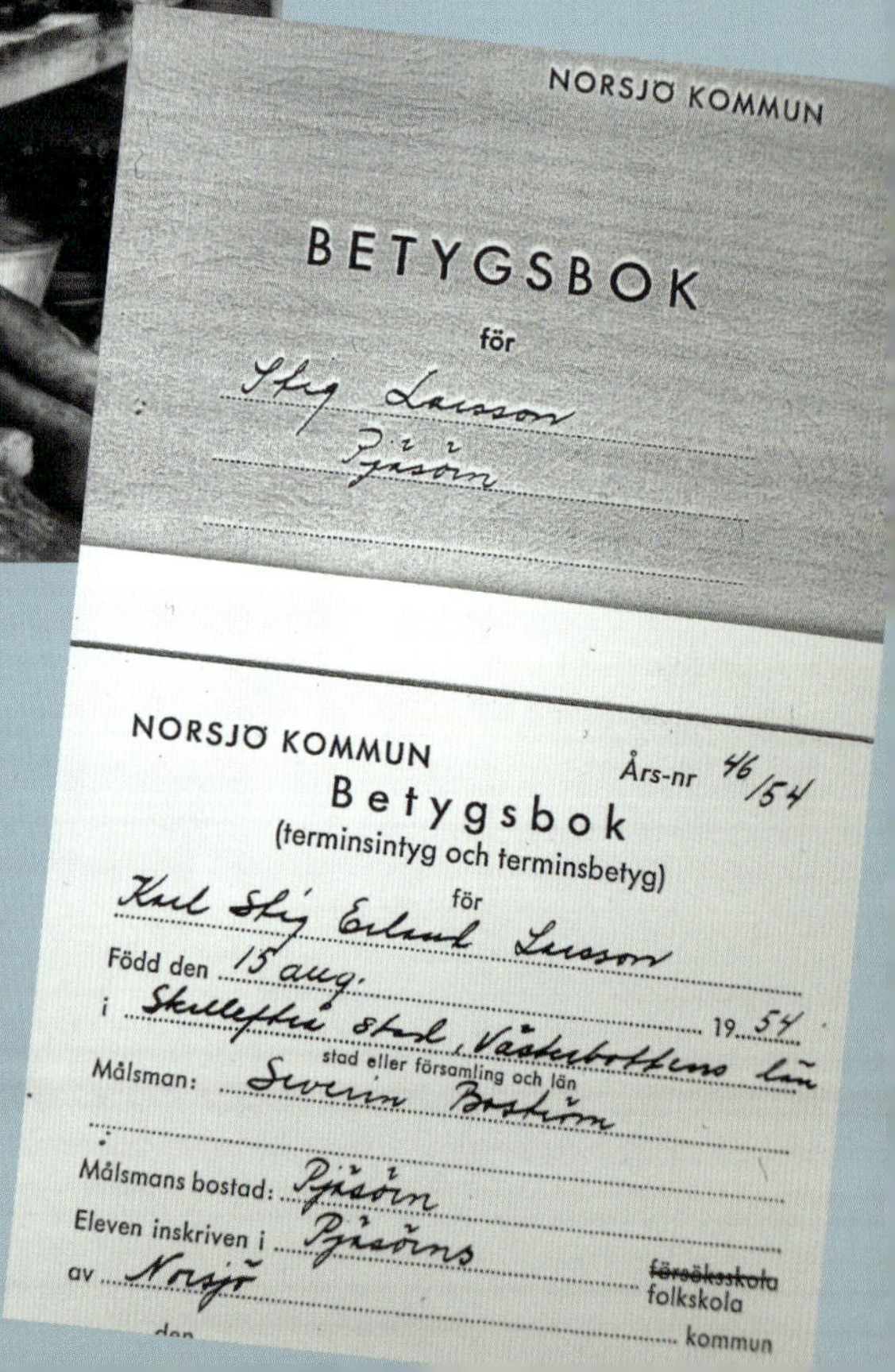
NORSJÖ KOMMUN

BETYGSBOK

för

Stig Larsson

Pjäsörn

NORSJÖ KOMMUN Års-nr 46/54

Betygsbok

(terminsintyg och terminsbetyg)

för

Karl Stig Erland Larsson

Född den 15 aug.

i Skellefteå stad, Västerbottens län 19 54

stad eller församling och län

Målsman: Severin Boström

Målsmans bostad: Pjäsörn

Eleven inskriven i Pjäsörns ~~försöksskola~~ folkskola

av Norsjö kommun

家の前の祖父母。何かの扮装をしている。
左端は母方の叔母。1958年。

左:祖父母の家の台所。
右:小学校時代の成績通知表。

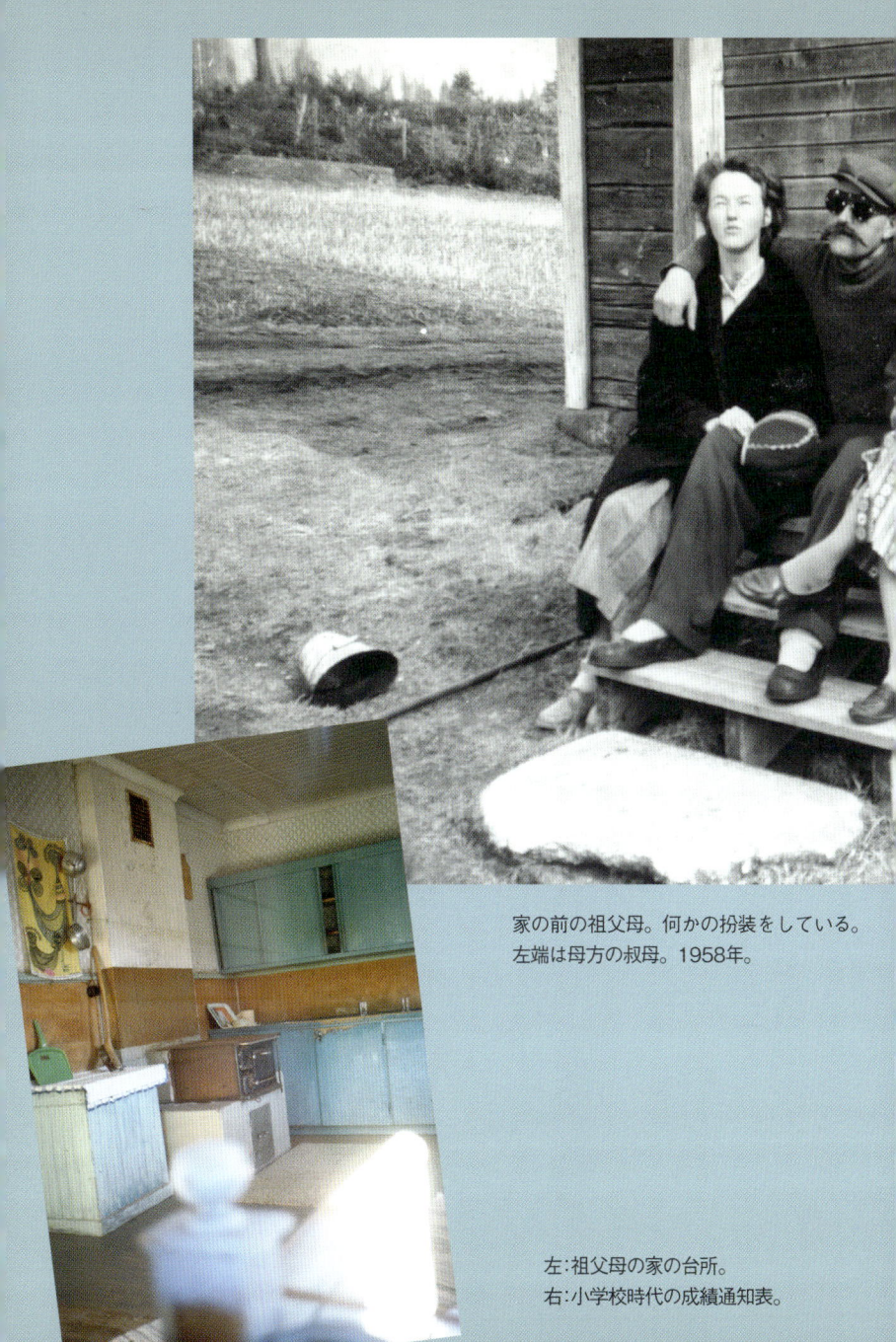

1995年発行の『エクスポ』創刊号。表紙に次のような見出しがある。

—スウェーデンの極右による犠牲者、今年すでに七人
—ネオナチの情報収集力——スウェーデンのネットワーク
—反ユダヤ主義——ユダヤ人の墓をけがすのは誰か
—ネオナチを潤す〈ホワイト・パワー〉の音楽事業
—オクラホマのテロ事件
—ミカエル・シュミット、『エクスポ』の存在意義を語る
—徴兵場所としての学校

EXPO

ANTIFASCISTISKT NYHETSBLAD
januari-februari 1995 pris: frivilligt

Vad är Expo

Expo är ett antifascistiskt nyhetsblad som informerar om vad som egentligen händer på den högerextrema fronten vare sig det gäller fascism/nazism (sverigedemokrater och riksfrontare), extremhöger (mörkblåa moderater) eller invandrarfientlig populism (nydemokrater och sjöbopartister). Tonvikten ligger på Sverige, men övriga världen ingår som en mindre del. Expo sprids bland antifascistiska aktivister från olika politiska läger och fyller ett behov av information och dokumentation.

Redaktionen för Expo

Året som gick

893 röster (0,25%) och i kommunvalet 14 310 (varav 1/3 i Göteborgsom-

siskt skick att en ny ledare snart måste utses. På 1995 års partikongress, in-

expo

NY TIDNING

Extremhögern i Sverige; sju mord hittills i år

Nazisternas underrättelsetjänst - den svenska länken.

Antisemitism – Vem välter judiska gravstenar?

Vit makt-musiken finanserar nynazismen

Döden i Oklahoma

Michael Schmidt -Behövs verkligen Expo?

Grundskolan som rekryteringsbas

Gästkrönikör

リンケビーの自宅でくつろぐエヴァ・ガブリエルソンとスティーグ・ラーソン。右手前はエヴァの妹ブリット。1985年。

エヴァ・ガブリエルソンとスティーグ・ラーソン。1990年代中頃。

スティーグとエヴァが航海を楽しんだ
ストックホルム群島の地図。

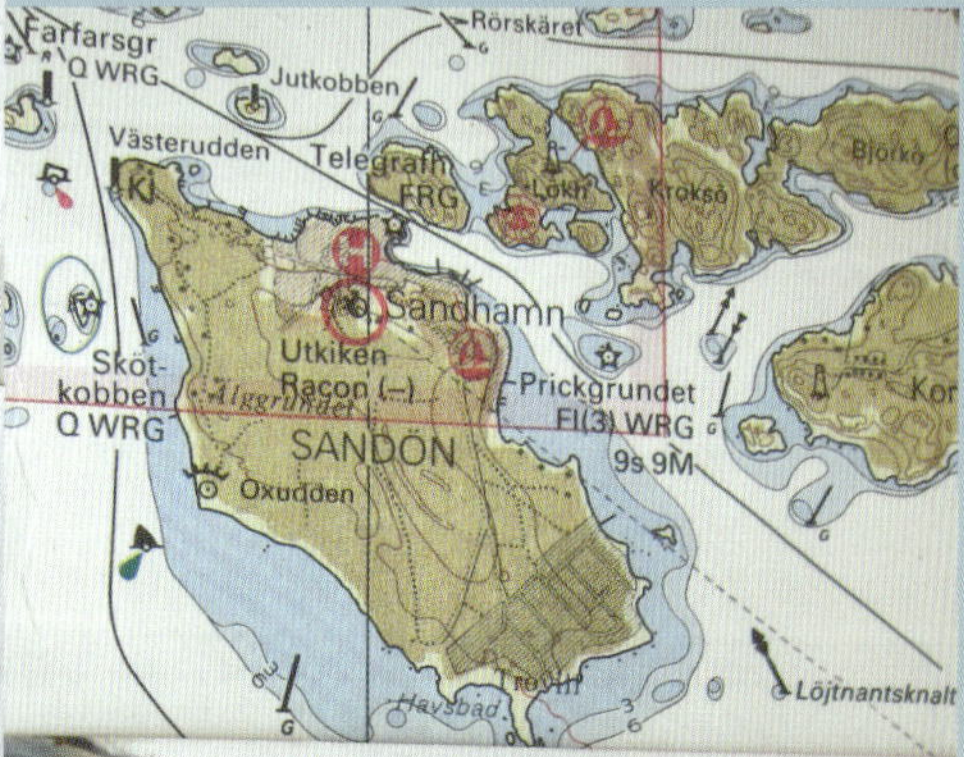

ストックホルム群島でエヴァが撮影したスティーグ・ラーソン。1990年。

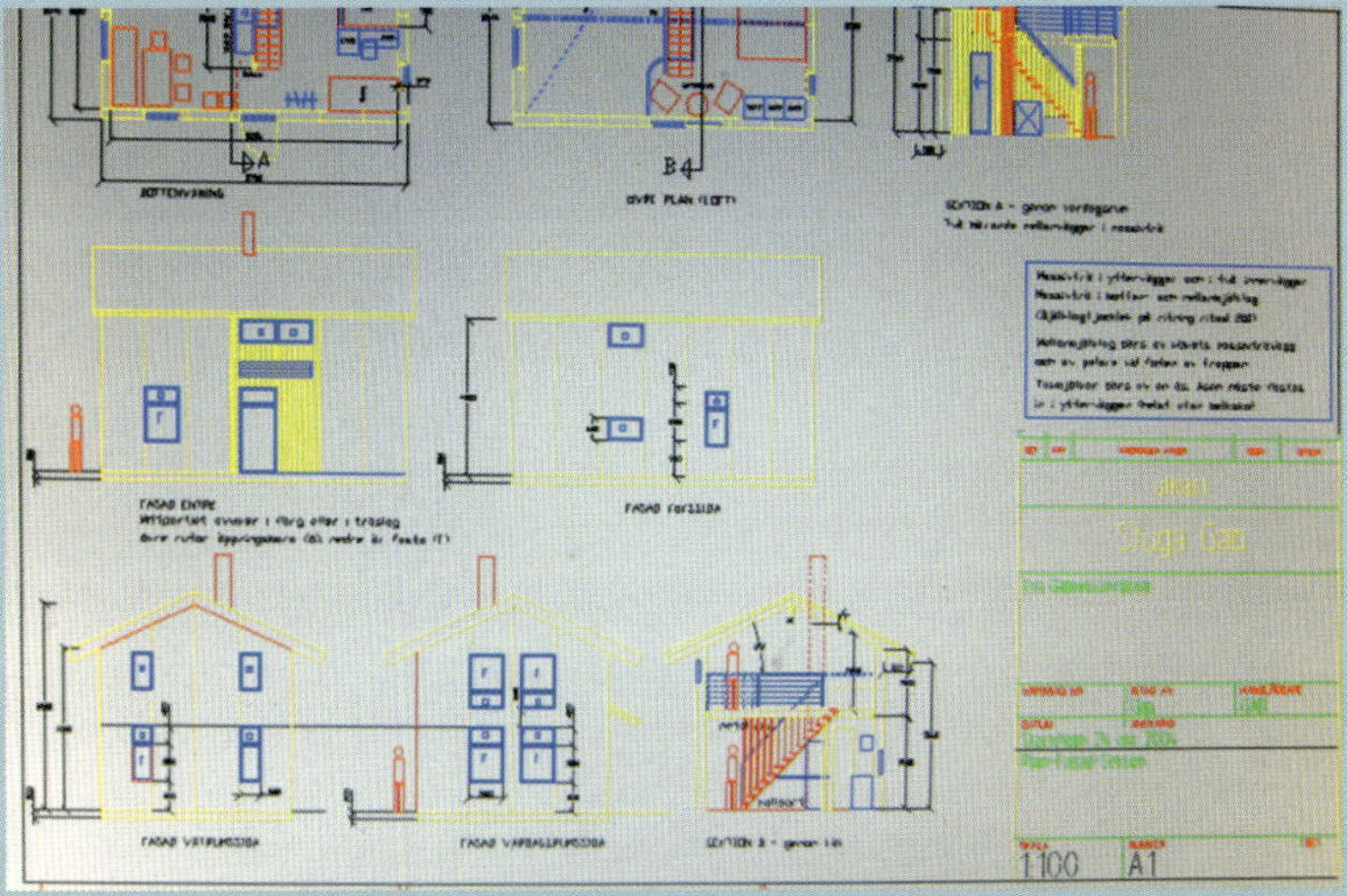

スティーグとエヴァによる“仕事用別荘”のデッサンと最終的に決定した図面。

エヴァ・ガブリエルソンとスティーグ・ラーソン。1980年。

2004年12月10日、スティーグ・ラーソン追悼の集いに出席したエヴァ・ガブリエルソン。

ミレニアムと私

MILLÉNIUM, STIEG ET MOI
by
Eva Gabrielsson and Marie-Françoise Colombani

Translated by
Masatoshi Iwasawa
Original publisher
Actes Sud, 2011
First published 2011 in Japan by
Hayakawa Publishing, Inc.
This book is published in Japan by
arrangement with
Actes Sud
through Bureau des Copyrights Français, Tokyo.

口絵写真／Collection particulière d'Eva Gabrielsson

Till alla er som höll mig när jag inte höll ihop själv. Och till er som stannade kvar efteråt.

私の気持ちが揺らいだときに支えてくれた人たち、そしていまも私を支えてくれている人たちに。

エヴァ・ガブリエルソン

目　次

はしがき

『ミレニアム』には確かに謎がある。そして秘密も。プラトンの洞窟の比喩《ひゆ》と同じように、スティーグ・ラーソンのミステリには読者に提示されていない事実が含まれている。その事実はさまざまなドラマを含み、別のドラマとも深いところでつながっている。『ミレニアム』三部作には、作者の日常生活から引き出された材料が豊富にある。なかでも訴えかける力の強い材料は、スティーグ・ラーソンと三十二年にわたって生活をともにしたエヴァ・ガブリエルソンが彼と作り上げた世界、すなわちSF、聖書、極右との闘い、人権擁護運動、北欧の神話、諜報活動といったものに結びついている。

エヴァ・ガブリエルソンだけが持っているまなざしを通して、『ミレニアム』は全世界に知られるミステリという以上の姿を見せる。この作品は倫理と正義のための、個人による粘り強い闘いの物語である。スティーグ・ラーソンはものごころついてからずっと、倫理と正義のために力を尽くしてきた。『ミレニアム』三部作はエヴァにとって、スティーグと分かち合った生活と愛を映し出すものであると同時に、つらい瞬間の刻印でもある。最も悲劇的なのは、言うまでもなく、スティーグの急死の瞬間である。心筋梗塞によって五十歳で帰らぬ人となった彼は、出版社に原稿を渡したばかりで、自分の作品が大成功をおさめるのを見ることができなかった。スティーグという伴侶《はんりょ》を失ってから、エヴァの生活に不本意な変化が生じる。スウェーデンでは内縁関係の男女に法的権利が認められていないので、彼女はスティーグのどんな遺産も相続することができなかった。さらに、半分の所有権しか持たないという理由で、スティーグと暮らしてきたささやかな住まいから危うく追い出されるところだった。もうひとつ、エヴァに打撃を与えたのは、生前のスティーグの主義からかけ離れた〝スティーグ・ラーソン関連ビジネス〟の拡大を目のあたりにしたことだった。原作のテレビドラマ化と映画化、友人を名乗る人物による証言の刊行、多種多様なたくさんのうわさ話。社会運動の闘士で、フェミニストで、ジャーナリストで、好奇心旺盛な勉強家だったありのままのスティーグ・ラーソンは少しずつ姿を消して、ミステリ作家としての彼だけが世の中に知られるようになっていった。

彼の生涯は誕生から突然の死まで、まさに小説そのものだった。その小説のヒロインともいえるエヴァが、彼のことを語る決意をしてくれた。スティーグに似て一徹で誠実で理想の高い彼女は、いっさいの妥協と無縁だ。彼女を知る者にはそれがよくわかっている。スティーグとエヴァの友人たちは、スティーグに全幅の信頼を寄せたのとまったく同じように、彼女を心から信じている。他方、彼女は自分を裏切った者たちに対してきっぱりと関係を断ったが、かりにスティーグが彼女の立場だったらやはり同様にふるまっただろう。

現在エヴァは、スティーグの作品の著作者人格権（著作物を公表するか否かを決める公表権、氏名表示権、著作物を無断で改変されないための同一性保持権などから成る権利）を自分に認めてほしいと訴えている。もしスティーグが生きていたら、『ミレニアム』をはじめ、人種差別に反対する記事、極右を論じた著書、若いころ書いた文章などが金儲《かねもう》けに利用されることを何よりも嫌うはずだ、という思いが彼女をつき動かしているのだ。彼女は最初の三部だけでなく、第四部の創造過程も内側から見守ってきた。そして著作者人格権が認められれば、第四部の公表に応じるつもりでいる。『ミレニアム』を愛読する私たちに、あの懐かしい主人公と再会できる日が訪れるわけだ。リスベット・サランデルとミカエル・ブルムクヴィストを敵視する者たちはいまから戦々恐々とするほかないだろう。第四部には『神の復讐』という題が予定されている。エヴァは、主人公に敵対する者たちの運命を書き継ぎ、彼らの屍《しかばね》を見下ろしながら得意のサルサを踊る日に向けて着々と準備している。

マリー＝フランソワーズ・コロンバニ

コーヒー

『ミレニアム』の登場人物がたくさんコーヒーを飲むので、スウェーデン人はあんなにコーヒーを飲むのか、とよく訊かれる。実際そのとおりで、スウェーデンはフィンランドに次ぐ世界第二位のコーヒー消費国だ。そして、スティーグ・ラーソンとミカエル・ブルムクヴィストのあいだに何か共通点があるとすれば、それはまちがいなく、毎日大量のコーヒーを飲むことだろう。

スティーグも私も子どものころからコーヒーを日常的に飲んでいた。ふつう牛乳に親しむ年齢の五歳から、スティーグの祖母は彼に堂々とコーヒーを与えていた。私の場合も飲ませてくれたのは祖母だったが、母に内緒でこっそりと、というやり方だった。

私たちにとってコーヒーは、ちょっとしたものも深刻なものも含めて、いろいろな災難から立ち直らせてくれる魔法の薬だった。安らぎ、相互理解、温かいもてなしを意味すると同時に、あるときは二人だけの、あるときは友人をまじえての長い長い会話や、二人で過ごす幸せな時間に欠かせないものだった。いっしょに暮らした三十二年のあいだ、私たちはコーヒー会社の収益にかなり貢献したのではないだろうか。あらゆる淹《い》れ方を試した結果、私たちはいつもトルココーヒーに落ち着いた。私たちの住まいではつねにコーヒーポットが火にかかっていた。

現在では、家でコーヒーを作ることはなくなった。コーヒーポットの半分の量だけ作るのがばかばかしく思えるからだ。それに、空いた上半分は、まるでプレゼントを開けようとする子どものように好奇心で目を輝かせながらカップ越しに私を見るスティーグがもういないことを意味していた。彼はカップを傾けながらこう言うのが常だった。「さあ、話を聞こう。今日は何をしたの？　どんな新しいものが見つかった？」

『ミレニアム』には、リスベット・サランデルが〝考えてみるわ〟という言葉を残してミカエル・ブルムクヴィストとのパソコンでのやりとりを途中で切り上げるシーンがある。初めてこの一節を読んだとき、私は笑いだしてしまった。スティーグと私とのあいだで深刻に意見が食い違ったり、彼の考えを私が受け入れられなくてお互い身動きがとれなくなったりすると、私はいつもこのせりふを口にしたのだ。その本当の意味は、そろそろ別の、もっとあたりさわりのない心地よい会話に移りましょうということだった。これを合図に、二人のうちのどちらかがぱっと立ち上がってコーヒーを淹れに行く。コーヒーを飲むころにはいつもの仲の良さが戻るのだった。私は、自宅でたったひとりコーヒーを飲んだりはしていない。

いまは紅茶を好んでいる。

スティーグとの生活を続けられていたら、この本を書くこともなかった。そうしたら、どんなによかっただろう。私はここで、彼について、私たちが送った生活について、そして彼のいない生活について語ろうと思う。

彼が心筋梗塞で逝《い》ってしまったのは二〇〇四年十一月九日だった。私にとって呪わしいこの日付は、かつて多くの人を大変な規模で苦しめた日付でもある。一九三八年の十一月九日、〝水晶の夜（一九三八年、在仏ドイツ大使館の書記官がユダヤ人青年に射殺されたことを口実に、ドイツ在住のユダヤ人をナチスが襲撃した事件）〟のあいだに、ナチスは自国のユダヤ人を攻撃して、非人道的な野望への歩みを開始したのだった。スティーグはさまざまなシンポジウムで〝水晶の夜〟について語ってきた。二〇〇四年十一月九日も、勤労者教育協会の本部で講演をする予定だった。

彼が死んだとき、私はそばにいなかった。仕事でダーラナ地方に行っていたのだ。もしいっしょにいたら、何かが変わっただろうか？　もちろんそれはわからない。ただ、いっしょにいたことでこれまでの私たちの人生がものすごく変わった以上、私としてはそう信じたい。

ベストセラーとなったミステリの作者、〝『ミレニアム』のスティーグ〟は、三部作の第一部が刊行された二〇〇五年七月に生まれた。その後、劇場公開用の映画とテレビ放映用の映画が製作された。しかし『ミレニアム』はスティーグの経歴の小事件ではあっても、彼の人生そのものではけっしてない。〝『ミレニアム』産業〟が祭り上げるスティーグに、私は何の興味もない。私にとってのスティーグは人生の伴侶であり、艱難《かんなん》辛苦をともにした同志である。三十二年にわたっていっしょに歩んできた、自分が深く愛した男性だ。やさしく、夢中になりやすく、面白くて、社会的関心が強く、心の広い人。ジャーナリストで、フェミニストで、活動家で、私の生涯の恋人。

彼を失うと同時に、私は自分の大部分をも失ってしまった。

そのスティーグが生まれたのは、一九五四年八月十五日だ。

少年時代

『ミレニアム』第一部『ドラゴン・タトゥーの女』の中でミカエル・ブルムクヴィストは、ヘーデスタの子ども祭りのパレードを見物しているハリエット・ヴァンゲルの、失踪する数時間前の写真を見つける。この日の情報を手に入れ、ハリエットが何におびえて表情を変えたのかを突きとめるため、彼は四十年前にパレードを撮影した夫婦を探しに行く。ミカエルはスウェーデン北部のノルシェーへ向かい、次いでヴェステルボッテン県のビュルセレを訪ねる。ともに一般のスウェーデン人にはあまり知られていないひなびた土地で、なぜ小説の舞台に選ばれたのか不思議に思えるかもしれない。だがこれらふたつの町はスティーグにとって懐かしい場所なのだ。一九五五年、まだ赤ん坊だった彼は母方の祖父母の家に預けられたが、その家があったのがこの地方だった。両親であるエルランド・ラーソンとヴィヴィアン・ブーストレムは子どもをしっかり育てるには若すぎたので、育児を親に任せ、そこから千キロメートル南に引っ越した。一九五七年になると、両親はノルシェーから二百キロメートルの距離にある小さな町ウメオに転居した。

スティーグにとってこれらの場所を作品に出すことは、幸せな少年時代を送らせてくれた人々に対する敬意の表明だった。そして、自分の価値観を育《はぐく》んでくれたことへの感謝でもあった。

スティーグが祖父母と住んでいたのは森の手前にある小さな木造の家だったが、この家には寝室ひとつと台所があるだけで、水道も電気もトイレもなかった。スウェーデンの田舎《いなか》にはこうした家が多い。たいていは家族経営の農場がそばにあり、農作業を新しい世代に譲った親の世代が移り住む。スティーグの祖父母の家は壁の断熱効果が低く、当時の田舎家の建築方法にならって床板はおがくずでつなぎ合わされていた。薪《まき》を使う料理用かまどが唯一の暖房で、彼の祖母はそこで料理を作っていた。冬、外の気温はマイナス三十七度まで下がり、一日の日照時間はわずか三十分になった。このころスティーグは、月の光を浴びながらクロスカントリースキーの板をはいて村の学校へ登校した。生まれながらに持っている好奇心の強さで森や湖や林道を駆けめぐっては、人と知り合い、動物と戯れた。生活条件はかなり厳しく、生きていくためにはさまざまな創意工夫が必要だった。人々はそんな生活によって、自立精神、機敏さ、寛容さ、連帯感を自然に身につけていく。スティーグがまさにそうだった。

彼から聞いたところによると、祖父のセヴェリンは反ナチの共産党員だった人で、第二次大戦中、ほかのレジスタンス活動家とともに収容所生活を送った経験があるという。こうした活動家は戦後、社会からなかなか受け入れられなかった。スウェーデン現代史のまぎれもない事実にもかかわらず、このことは当時も言及されず、現在もなお過小評価されている。セヴェリンはシェレフテハムンで工場勤めをしていたが、一九五五年に退職して、妻と孫のスティーグとともに田舎家に引っ越したのだった。車のエンジンと自転車を修理し、生計を支えるために近隣の農場でも働いた。スティーグは祖父に連れられて釣りや狩猟に出かけるのが大好きだった。『ドラゴン・タトゥーの女』では、ハリエット・ヴァンゲルの父親の叔父ヘンリック・ヴァンゲルの依頼を承諾したミカエル・ブルムクヴィストが、ヘーデスタにほど近い島の〝ゲストハウス〟で生活を始める。季節は真冬で、〝窓の内側にいくつも氷の結晶ができ〟ていた。スティーグの祖父母の家でも、かまどの上にかけられた鍋《なべ》の沸騰《ふっとう》した湯と人の息のため窓ガラスに模様ができて、スティーグはよくそれに見入っていた。この美しい光景も、室内から感じとれる外の寒さも、彼には忘れがたいものだった。環境は厳しかったが、幸福で楽しくて愛情にめぐまれた子ども時代だった。

当時の白黒写真を見ると、レンズに向かって父親役と母親役を楽しんでいるかのような二人の大人にはさまれて、幼い少年が笑っている。祖父母との生活を通じて彼は、やろうと思えばどんなこともできるという信念と、金銭欲を徹底的に軽蔑する気持ちを育んでいった。祖父は機械工の経験と持ち前の才能を生かして古いフォード・アングリアのエンジンを直した。ハリエット・ヴァンゲル失踪の謎に迫るミカエルにその重要な手がかりを与えることになる車、ヴェステルボッテン県を表わすACというナンバープレートが付いた車の車種は、このフォード・アングリアにほかならない。『ミレニアム』を書くにあたって、スティーグは彼自身の生活、私の生活、そして私たち二人の生活からたくさんの具体的事実を引き、利用しているのだ。

一九六二年十二月、スティーグの祖父セヴェリン・ブーストレムは心筋梗塞で急死する（五十六歳だったが、のちに彼の娘つまりスティーグの母親も同じ年齢で他界する）。祖母は半年間スティーグといっしょに暮らすが、人里離れた家に子どもと二人きりで住みつづけることはできず、ヴェステルボッテン県のシェレフテオ近郊に転居する。一九六八年に祖母が亡くなるまで、スティーグは夏になると毎年この家を訪れた。

両親のエルランドとヴィヴィアンは一九五七年に次男ヨアキムをもうけ、翌一九五八年に正式に結婚した。この三人が暮らすウメオの家に九歳のときに引き取られてから、スティーグののどかで幸福な日々は終わってしまう。彼は両親と弟をほとんど知らなかった。実際、祖父母については多くを語るのに、両親のこととなるとほとんど話をしなかった。ただ、祖父母と親しかった人々から聞いた話によると、母親のヴィヴィアンはしばしば息子に会いにきていたという。九歳の年の秋、スティーグはウメオの小学校に転校する。生活はこれまでとはまったく違ったものになる。初めて経験する都市の環境は彼にとってなじみにくかった。自然にめぐまれた田舎ではいつでも好きなときに家を出て、犬と駆けまわったりひとりで散歩したりできたが、ここでは市街地の小さいアパートに閉じこもって生活しなくてはならない。土からアスファルトへの環境の変化はつらいものだった。祖父母はいつもそばにいてくれたが、両親は共働きだったので、家にいない時間が多かった。生活のリズムは、学校のスケジュールに基づいた、規則的で自由のきかないものになった。

私が彼と知り合ったときには彼の名前はすでにStiegという綴《つづ》りだったが、もともとはStigと書いていたらしい。ウメオの小学校にはもうひとり、スティーグ（Stig）・ラーソンという名前の男子がいた。まわりの人からよく混同されるので、二人はコインの裏表でどちらが名前を変えるか決めることにした、というのが現在伝えられている説だ。私自身は彼から、もうひとりのStigが借りた本の返却催促《さいそく》が図書館からしきりに届くので、自分の名前を変える決意をした、と聞いている。スティーグについては私しか知らない逸話《いつわ》があり、それをインタビューで話しているが、私のインタビューをもとにしながらあたかも自分がその場に居合わせたかのようにスティーグの話をしたり、彼から個人的に打ち明けられたかのように言ったりする人々を見ることがある。

十七歳になると、スティーグは家族が住んでいる建物の地階の小さなアパートで生活を始める。彼が本当の意味で幸せではなかったということ以外、この数年間にどんなことがあったのか、私は知らない。ただ、彼が自分をあまり大事にしなくなり、健康を顧みなくなったのはこの時期からではないか、という気がしてならない。スティーグには、健康に対する配慮を軽視し、自分自身のことを、自分にとっても他人にとっても重要でないと考える傾向があった。

ごくたまに船を操縦するときを除いて、スティーグはミカエル・ブルムクヴィストと同じくほとんどスポーツをせず、どんなものでも食べ、煙草《たばこ》を吸い、前述したように大量のコーヒーを飲んだ。おそらくこうした生活習慣が、ストレスとあいまって、彼の命を縮めてしまったのだろう。

一九七二年に私と出会ってから、スティーグはただ一度だけ、子どものころ過ごした家を訪れている。一九九六年の秋のことだった。

ノルシェーとビュルセレがあるヴェステルボッテン県に、私は弟、妹とともに七ヘクタールの土地を所有している。一部が森に覆《おお》われているこの土地は、ガブリエルソン家の所有地として代々受け継がれている。スティーグと私は一九九〇年代、ガブリエルソン家が管理責任を持つ森の地面を清掃するため二度この土地に出かけた。二度目にあたる一九九六年、私たちは虻《あぶ》や蛇に取り巻かれながら何日にもわたってきつい作業を続けたが、ふだんのデスクワークを離れて体を動かせることは喜びでもあった。エンネスマルク在住の隣人がスティーグの幼少期に好奇心を抱いたのがきっかけで、作業を終えた私たちは彼が祖父母と住んでいた家を見に行った。

家は閉まっていたので、スティーグは窓ガラスに顔をつけて中をのぞいた。何も変わっていないという。

「何もかもあのときのままだ！　ほら、ぼくはあそこで、おじいさんといっしょに寝ていたんだよ。あのかまどがまだ残ってる！　朝はあれが冷たくて、凍えそうに寒かったなあ」

彼は家の隅々《すみずみ》に目を凝らし、周囲にある木や石や土手のひとつひとつを見つめた。少しずつ思い出がよみがえってくるようだった。彼は感動し、私は動揺していた。こういう彼を見るのは初めてだった。声までがいつもと違っていた。低くて熱を帯びた声で、ささやくように静かに話していた。私たちの質問に答えて、当時あったことを次から次へと語った。出発の時間になっても、彼は「もう少しだけ」、「もうちょっと」と繰り返すばかりだった。その場所からどうしても離れられないのだった。

予定の時間がどんどん遅れるのに気づいた彼は、哀願するようなまなざしをして言った。

「エヴァ、この家を買うことはできないかな？」

「でも、ここはストックホルムから千キロメートルもあるのよ。遠すぎて、なかなか来られないわ。この家を管理する時間とお金がなければ、せっかく買っても荒れ果ててしまうだけよ」

彼はひどく沈んだ表情でつぶやいた。「でも、ぼくに残ってるのはこの家だけなんだ」。まるで三十年前にタイムスリップして、生まれ育った家からもう一度引き離されようとしているかのように、彼は子どもさながらの悲しみに包まれていた。私たちはお互い別々のことを考えながら、黙って長いあいだそこにとどまっていた。やがて彼はあきらめをつけて言った。「やっぱり無理だよな」。私たちは悲しみで胸をいっぱいにしながらその場をあとにした。

私はこの小さな家を何枚もの写真に収めた。のちにその写真でコラージュを作り、額に入れて彼にプレゼントした。彼は大喜びして、それを私たちのベッドから見える壁にかけた。

私たちはかけがえのない時間として、よくこの旅行の思い出話をしあった。『ミレニアム』の第一部から第三部までの原稿を出版社に渡した二〇〇四年夏は、将来の計画についてとくに話がはずんだ。もう少しあとで詳しく触れるが、島の中に〝小さな仕事用別荘〟を建築する計画がその最大のものだった。私たちはその別荘をまず各自でデザインしてから、ソファーに並んで座り、コーヒーを飲みながら図面を突き合わせた。私は彼が暮らした木造の家の写真をよく見ていたので、その青と白の扉と正面玄関をそっくりに再現して喜ばせてあげようと思っていた。

母親

ミカエルの妹を除いて、『ミレニアム』には母親らしい母親も伝統的な家庭も出てこないという指摘がある。リスベット・サランデルが子どもだったころ、彼女の母親は娘を守ることができなかった。この母親は夫ザラの暴力に無抵抗のまま、悲劇を招いてしまう。夫に殴られて脳に障害を負い、入院先の病院で、死ぬには早すぎる年齢で生涯を閉じる。ヴァンゲル家の人々を見ると、最悪の場合、イザベラ・ヴァンゲルのように母親失格と言うべき女性がいる。ハリエットとマルティンの母親である彼女は、夫が息子を犯し、息子が娘を犯しているのを知りながら〝無関心だった〟。まっとうな女性登場人物の場合も、超然としている女か、まだ子どもを産んでいない女である。たとえばエリカ・ベルジェにも子どもはいない。

考えてみるとこれは偶然ではない。スティーグと私は二人とも祖父母に育てられ、母親のいない家庭で成長した。私たちの祖母のように愛情と思いやりにあふれた人の役割は、母親にこなせるものではないだろう。

両親よりひと世代上の人たちに育てられた境遇によって、別の結果も生まれた。それは私たちが、生活習慣の変化にさらされていない時代に、おおげさに言えば十九世紀に成長したような面があることだ。私たちは大人から、厳しくて妥協がなく、ときには負担に感じられもする昔の倫理観を譲り受けた。その世界では、財産によってではなく、約束を尊重する態度と誠実さによって人を評価する。そしてこのルールに違反する者などいない。

スティーグと私には多くの共通点がある。考え方も行動のしかたも似ている。面白いことだが、生まれ故郷が同じなのだから驚くにはあたらない。

私は一九五三年十一月十七日、ウメオの北百キロメートルにあるレーヴォンゲルで生まれた。ほぼ年子の三人の子どものいちばん上である。私が七歳のときに両親が離婚して、私たちは父親と父方の祖父母とともに家の農場に残った。だが、父親には農業を継ぐ気はなかった。父は、学校には十三歳までしか行っていなかったが、独学で地方新聞のジャーナリストになることができた。恋愛で結ばれた両親は、都市に住んでいればずっといっしょに生活できたと思う。私の母親のグドルンは技術高校を卒業していて、独身時代は製鉄工場で秘書として働いていた。祖母は義理の娘が農場の働き手となってくれることを期待したが、田舎にはまったく向かない人間だとすぐに気づいた。婦人用スーツとハイヒールを身につけ、唇に口紅を引くことは、祖母にとっては農婦の生活とは言えないのだった。そもそも祖母はそうした装いを無意味だと考えていた。でも私の目には、母は美しくて生きいきした女性に見えた。両親の離婚は残念で、しかも双方の家族は怒りをぶつけあって決別してしまった。当時としては珍しく、父親は私たち子どもの親権を認められた。仕事と家があること、そして祖父母が育児の手助けをしてくれることを、父親は主張したのだった。自由党の党員という身分もプラスに働いたのではないかと思う。父の知り合いには地元の有力者がいたからだ。

母はストックホルムで独り暮らしを始め、専門教育を受けたあと看護師になった。三十一年のあいだに私は六回母に会っている。母は再婚しないまま、一九九二年のクリスマスの時期にがんで死んだ。父は一九七七年に他界した。父方の祖母は根は優しくて公平無私な人で、私の父が母を妻に選んだのは間違いだったと考えていたにせよ、離婚したあと彼女が私たちに会うのを妨げるようなことはまったくなかった。そんなわけで、私には母の頭の中で何が起こったのか、はっきりとはわからない。たぶん母は繊細で傷つきやすい人だったのだ。子どもたちから引き離されたことをつらく思っていたが、ストックホルムは子どもたちの住みなれた土地から遠く、収入も限られていたので、しかたがなかった。一九六一年に母親が家を出ていくと、私たちは母方の親戚とも縁が切れてしまった。

一九六二年に祖父母との生活が終わったスティーグと同じように、このときの私は心細くてたまらなかった。

スティーグと私の祖母は初対面のときから好感を抱き合い、互いを高く評価した。祖母は彼を「誠実な青年」と言い、彼は祖母を「非凡なおばあさん」と評した。実際、祖母は素晴らしい性格の持ち主だった。彼女の父親は船乗りで、二十一年間にわたって世界中の海を航海したあと、熱烈に好きになった娘と結婚するため農夫になった。この父親の性格を祖母は受け継いだらしい。「あたしはこう思うね」というのが口癖で、私たちはそう言われると、何かに取り組む前にもう一度よく考えなくてはならなかった。このせりふは〝おまえの好きなことをしてかまわないけど、その責任は持ちなさい〟という意味を含んでいた。

スティーグと出会ってから、彼の母親のヴィヴィアンは私にとってもうひとりの母親になった。彼女もまた強い女性だった。私の家族を率いるのが祖母であるように、スティーグの家族をリードするのは彼女だった。私は彼女に敬服していた。高級既製服《プレタポルテ》の店を経営するかたわら社会を変えようと強く望んでいた彼女は、社会民主党の支援を受けて市議会議員に当選し、政界の実力者を驚かせた。本人は面白そうにこう言った。「自然の成り行きなのよ。店にはおおぜいお客さんが来るから、しばらくするとみんな私の顔を覚えてしまうの」。のちに彼女が市の都市計画委員会に加わると、建築家の私と彼女とは私生活以外でも時間をともにするようになった。

スティーグは、社会にかかわろうとする意志を含めて、母親のヴィヴィアンにとてもよく似ている。スティーグのヴィヴィアンに対する愛着には、母親を慕うというより、個人的に親しい相手を慕うようなところがあった。彼女以外の家族に対しては、彼は里親の家にいるような態度で接した。私たちが一九七七年にストックホルムでいっしょに暮らすようになると、ウメオに行く機会はほとんどなくなった。千キロメートルも離れているからだ。ただ、私の生まれ故郷に近いエンネスマルクに、私の父方の祖父の弟が建築を担当したスティーグの両親の別荘があって、夏にそこを借りられるときは出かけていった。一九八〇年代にはウメオのスティーグの両親宅でクリスマスを過ごした年が何度かあったものの、私たちがまめに会うのはたいてい私のほうの家族だった。やがてヴィヴィアンが乳がんになった。一九九一年八月、病院での治療から帰った彼女は動脈瘤破裂に見舞われた。私たちは飛行機に飛び乗って彼女のもとへ駆けつけた。ヴィヴィアンは意識がなかったけれど、私たちは長いあいだそばを離れなかった。私は彼女の手を取って、いつもの会話をするように、スティーグのこと、二人で立てている計画のこと、気にかかっていることなどを静かに話した。彼女が耳を傾けてくれているように感じながら。翌日、彼女は死んだ。彼女は私たちの到着を待っていてくれたのだ。その一年あまり後、私の母が死んだときもそうだった。母は肺がんを患《わずら》ったあと乳がんになって、入院先の病院で対症療法を受けていたが、病院の職員はみな母の強靭《きょうじん》な闘病ぶりに驚いていた。毛布にくるまってベランダの椅子に座り、咳をしながら煙草を吸う母の姿がいまも目に浮かぶ。一九九二年の夏からは私と弟が交代で母に付き添った。ロンドンに住んでいた妹はクリスマスになるまで来られなかった。母は持ちこたえた。十二月末、自分のまわりに三人の子どもが揃ったとき、母は亡くなった。このように私たちの二人の母は、この世を去る時期を自ら選んだ。

スティーグはそうではなかった。彼は不意を打たれるように死んでしまった。

一九九一年、セーデルマルム地区にマンションを買ってから、私たちは祝日になると私の弟や妹とストックホルムで過ごした。スティーグの父親エルランドもときおり新しいパートナーのグンとともにやってきた。私たちはそのときどきの都合にあわせて、家でコーヒーを飲んだり、街へ夕食に出かけたりした。私は妹、弟と共同で山小屋を所有していて、その周辺の森をスティーグといっしょに手入れしに行くことがあったが、エルランドはそうした機会に短時間でもいいから弟のヨアキムに会いに行ってほしいとスティーグにしきりに頼んだ。しかしこの兄弟のあいだにはつきあいが存在しなかった。たとえば私たちはヨアキムの結婚式にも、彼の家族の誕生日にも出席したことがない。スティーグはエルランドにあまり時間がないからと答えて、その話を終わらせた。それでも、ウメオに立ち寄ったとき、エルランドを喜ばせるためにヨアキムとその家族とともに何度かコーヒーを飲んだことがある。だがヨアキムのほうは当時のことをよく覚えていないらしく、メディアの取材に対して、スティーグとはきわめて親しい仲だったと語っている。三十年のあいだに彼が私たちの家を訪れたのは二回で、一回目は一九七〇年代末、二回目はスティーグが死んだときである。私たちが頻繁に会っていたのは私の弟と妹で、この二人は本当の家族といってよかった。私は両親と祖父母を失い、母方の親戚とも縁遠くなっていたし、スティーグは血のつながりのある家族に親しみを抱いていないようだったからだ。

出会い

一九七二年の秋、私は妹のブリットとふたりで、ウメオのミーメルスクーランという学校で開かれたFNL（南ベトナム解放民族戦線）支援集会に出席した。こうした政治集会に出かけるのは私にとって初めての経験だった。父は選挙では自由党に投票していたが、それ以上の政治行動をする人ではなかった。私は一定の政治意識を持つことだけで満足していて、その先など考えたことがなかった。しかし十四歳になってからベトナム戦争に疑問を感じるようになり、高校を卒業したからには、勉強と学歴以外のことに打ち込むべきだと思っていた。

教室の入口に、温かいまなざしで陽気にほほえんでいる、鮮やかな褐色の髪をした、ほっそりして背の高い青年が立っていた。参加者ひとりひとりに力強く「ようこそ！」と声をかけている。スティーグだった。彼は十八歳で、私はもうすぐ十九歳になるところだった。彼はブリットと私にたくさん質問をし、私たちがウメオのハーガ地区に住んでいると知ると、自分がリーダーを務めるグループに入るよう誘ってきた。その後だいぶ歳月が経ってから、ぼくはチャンスを逃さなかったんだよ、と彼から打ち明けられた。

私は彼とともに活動を始めた。街なかにポスターを貼り、機関紙を売ったり募金を集めたりするために戸別訪問をし、〝なぜこんな帝国主義的戦争が起こったのか?〟といったことをさかんに議論した。スティーグはよくしゃべり、何にでも興味を持ち、寛容で、道徳的だった。のんきそうに見えるが、抵抗しがたい魅力を持った知識人という印象だ。私は彼に引きつけられた。彼の話には理屈っぽいところがなかった。内心の感情をこめて話すと同時に、人柄が面白かった。政治活動は義務だと思っていたのに、彼といっしょだとそれが本当に楽しかった。厳格さが支配する世界で、これはかなり珍しいことだった。FNLを支援する人々のほとんどは毛沢東主義者で、彼らは居丈高《いたけだか》で非現実的な発言をしていた。スティーグは違っていたので、私たちの考えは一致することが多かった。

彼の考えの面白さに気づいた私は、文章を書くようにすすめた。スウェーデンでは小規模な新聞にも、読者の意見を掲載する文化面が必ずある。私の父はジャーナリストだったので彼に力を貸すこともできたはずだが、スティーグには自信がなく、初めのうちどうしても書こうとしなかった。やがて私に根負けして、タイプライターに向かうようになった。自分の文章が活字になったのを初めて見たときの彼の目の輝きを思い出すと、ジャーナリストになる道を選んだのはあの日だったと言えるかもしれない。その後彼はジャーナリスト養成学校の入学試験を受けたが、合格しなかった。年齢の若さを考えれば当然の結果だった。多くの受験生と同じように改めて挑戦すればいいのに、彼はそれを拒んだ。ふたたび自信を失ってしまったのだ。

私のほうは、毛沢東の主張に興味を覚えて、集会に参加したり毛思想の入門講義を聴きに行ったりした。当時、毛沢東はきわめて人気があった。ものごとを理性的に考えようとする私は、自分の問いに答えを見いだそうとしていた。しかし探し求めた場所に答えはなかった。毛沢東主義者の言うことは、空想にふけりながら経済の問題を解決しようとするかのように、軽薄であいまいで子どもじみていた。そのとき私の前に現われたのがトロツキストで、一時期彼らは毛沢東主義者と共同戦線を張り、ベトナム支援の資金を貯めるために同じ銀行口座を共有したほどだった。そのやり方に私は感心した。ふたつの陣営がとうとう同じ方向に向かって歩みだしたのだ。だが、革命家とはそれぞれ自分の革命を遂行したがるもので、まもなくグループ内の主導権争いがあらわになった。ある日私たちは、カンボジアのクメール・ルージュを支援するための資金を集めるよう指示された。支援する以上、クメール・ルージュの政治観を知りたい、と私は言った。返事はこうだった。「質問はするな。これは命令だ」。スティーグと私はこの募金活動を放棄し、さらに私はベトナムとの連帯を掲げるこの組織をやめた。

次いで私が選んだのは、〝裏切り者〟と呼ばれるトロツキストのグループだった。独裁体制のもとで行動する毛沢東主義者よりも、複数政党制を許容する彼らのほうが民主的だと思った。スティーグは毛思想を信奉する組織に残った。まだいっしょに暮らしていなかったこの時期、私たちは民衆の幸せを実現する方法について、毎日のように激しく議論しあった。たいへんな日々だった。意見が合わなくて涙がこみ上げてくることもあった。私は彼を愚かで夢想家で現実をまったくわかっていないと思った。当時私は学生寮に住んでいた。イェーテボリの理工科学校に合格したのだが、スティーグのいるウメオに残りたかったので、この街の大学の数学と経済史を専攻する学部に入学した。彼はワンルームのアパートで暮らしていた。私たちが出会ったとき彼が所属していたのは就職希望者向けの短い教育課程で、大学進学のための課程ではなかった。私の影響かどうかわからないが、ともかく彼は二年間高校に復学して、大学入学資格試験を受けることにした。そして持ち前の粘り強い性格で、みごと合格を果たした。予想どおりだった。

生活費を稼ぐため、彼は金物屋の店員、新聞配達、森林監視員、レストランの皿洗いなどいくつものアルバイトをした。世界の展望について意見が食い違ったにもかかわらず、私たちは恋人としての生活と政治的態度とを分けて考え、私の妹や友人たちとともに、広いアパートで共同生活を営みはじめた。

しばらくして、彼もトロツキストの組織の仲間入りをした。この組織で古顔になっていた私は、彼が復学した高校で若い人たちを政治的に指導する任務を負っていた。役割が入れかわった。私が先生に、彼が生徒になったのである。

トロツキストの組織は当時、プロレタリアになること、労働者の世界に加わることを学生に求めていた。やがてボルボの工場に細胞が作られた。しかし労働者の同志たちはきっぱりと言うのだった。「おれたちには選択肢もなかったし、勉強する余裕もなかった。あんたにはそれがある。だから続けなよ、勉強を！」彼らの言うとおりだと思う。私たちは高等教育を受けられるよう国から奨学金を支給された最初の世代なのに、すべてを台なしにするつもりなのか？　そのうえ、都市生活者ではなく農民の家庭に生まれた私にはプロレタリアがどんなものかわかっていたから、社会全体がプロレタリア化してもいいことは何もないと思っていた。都市から農村へは定期的に、首にネックレスを巻き自分で縫《ぬ》った服を着た若者たちが移ってきて、共同生活をしながら農民のような暮らしを始めていた。農村出身の私たちには、彼らが映画の登場人物のように見えた。

高校の教育指導で私は、青少年の生活から話を始めて、少しずつ自分の頭で考えるように促《うなが》していった。組織の執行部としては、私に理論だけを教えさせたかったのだと思う。あれは一九七六年だった。私は指導の役割を降ろされ、もっと〝共産主義的な〟人物が後任に選ばれた。私はトロツキストたちのもとを去ったが、スティーグは一九八〇年代の後半までこの組織にとどまった。ただし彼の目的は実践面よりも理論面にあった。組織を通じて知識人や政治家と意見を交換できることが、彼には貴重だった。彼はまた、組織の機関誌『インターナショナル』に長いあいだ原稿料なしで署名記事を書いた。

『火と戯れる女』の中でリスベット・サランデルは、ジャーナリストのダグ・スヴェンソンと彼の恋人ミア・ベルイマンを殺害した嫌疑をかけられる。スヴェンソンは雑誌『ミレニアム』を発行する会社から、犯罪学の研究者ベルイマンと協力して東欧諸国における女性人身売買と強制売春を論じた著書を出版しようとしていた。リスベットは、かつて二年以上収容されていたウプサラ近郊の聖ステファン児童精神科病院の院長、ペーテル・テレボリアンがテレビで得意げにしゃべっているのを見て、自分が犯人扱いされていることを知る。さらに彼女は、いっさいの刺激を遮断した〝無刺激室〟と呼ばれる部屋に扱いにくい患者を閉じこめるテレボリアンのやり方をどの新聞も取り上げていないことに気づく。リスベットはそれを、一九三〇年代のいわゆるモスクワ裁判で反体制分子とされた人々が受けた行為になぞらえている。そこにこんな一文がある。

〝ジュネーブ条約では、捕虜に感覚遮断を施すことが非人道的行為とされている〟。この問題はスティーグと私にとっておなじみのものだ。当時私たちは、これに関する文献を大量に読んだ。スターリンにとって自分の政治手法に反対する人間は裏切り者であり、トロツキストだった。スターリンは彼らを肉体的に抹殺したばかりでなく、写真や本をはじめあらゆる記録的資料から消して、歴史の完全な書き換えを行なおうとした。私たちは何かあるとすぐ〝モスクワ裁判〟を引き合いに出した。

同じ言葉を使い、同じ好みと欲求を持つことは、若いころに知り合い、いっしょに成長した男女の特徴をなすものだ。

出会ってまもないころから、スティーグと私が互いに相手をどれほど意中の人と感じたかをいま説明するのは難しい。十年以上ものちに彼は書いている。〝ぼくは希望を持つのをやめていた。自分を理解してくれるような、共通点のある人に出会えるとは思っていなかった〟。私のほうは、この男性が私の人生にあるべき秩序を与え、私をもっと大きい人間にしてくれるとすぐにわかった。しかしまた、この出会いは精神的に負担でもあった。自分の生活と自我に再検討を迫られれば誰だって心穏やかでいられるはずがない。宇宙に果てがないことを考えるとたまらなく不安になるが、ちょうどそれに似た気持ちだった。私たちはときおり後戻りして、距離を置いて自分を見つめようとした。けれども引かれ合う力はあまりに強かった。恐れはあったが、その力に飲み込まれた。

三十二年間、私たちには言うべき言葉、語るべき話、探究するテーマ、分かち合うもの、読む本、めざす目標、闘いを挑む相手がつねにあった。どんなときもいっしょだった。

楽しい思いもたくさん味わった。彼は私を存分に楽しませてくれた。

彼はぬいぐるみの熊みたいにやさしい男性だった。感情をはっきり表わす人でもあった。

スティーグと出会ったことによって、私は〝魂の伴侶を持つ〟という言い方が比喩《ひゆ》でないことを知った。

アフリカ旅行

一九七七年二月、スティーグは二十二歳で夢を実現した。アフリカの土を踏んだのだ。旅費を稼ぐために、彼は半年間ヘルネフォシュの製材工場で猛烈に働いた。どんな目的でアフリカに渡ったのだろうか？　私は詳しい話を一度も聞いたことがないが、打ち明けなかった彼は正しかった。かろうじて私にわかっているのは、彼が第四インターナショナルの使命を帯びて出発したことである。スターリンが第三インターナショナルに反対する者を除名し抑圧したことを受けて、一九三八年にトロツキーがフランスで創設した共産党の組織が第四インターナショナルだ。エチオピア内戦にかかわっている武装グループと連絡を取るのがスティーグの任務だった。そのグループに資金か資料、あるいはその両方を提供することが目的だったらしい。危険な仕事だった。あとで聞いた話だが、彼はまったくの偶然から、兵役についていたころ覚えた迫撃砲の扱い方を民兵に教えるめぐりあわせになったという。その迫撃砲はソ連から調達したもので、エリトリアの丘陵に隠され、女性兵士の部隊に割り当てられていた。個人的に思い入れがあり、事態が急展開しているこの大陸について、彼は記事を書きたいとも思っていた。しかし、二月の出発から七月の帰国まで、どの新聞社も寄稿の申し出を受けようとしなかった。若すぎるし経験もないと判断されてしまったようだ。だが、エチオピアとエリトリアが戦争をしていたあいだ、現地にいたスウェーデン人、少なくともスウェーデン語で記事を書ける人間は彼以外にいなかった。それほど危険な場所だったのである。

ウメオを発《た》った彼は、まずストックホルムに来てビザを取得した。私は彼に会いに行って別れを惜しんだ。彼は大喜びで駅に迎えにきてくれた。

それからの数カ月、ウメオにいる私宛てに、発送地をさまざまに変えて不規則に手紙が届いた。旅行日誌と同様、彼は私宛ての手紙でも用心を怠《おこた》らなかった。のちに語ってくれた内容のごく一部さえ、手紙には書かれていなかった。逮捕されるのではないかと絶えず恐れ、情報を集めたり写真を撮ったりすることで自分はもちろん、接触した人々に深刻な不都合を、場合によっては死をもたらすかもしれないと心配していた。彼は滞在中マラリアにかかり、重い症状に陥った。ある日、急にものが見えなくなった。まわりのものが全部白くなり、建物の壁に手を這わせながらやっとの思いでホテルにたどり着いた。自分の部屋に入ったとたん、意識を失った。発見されるとすぐ病院に搬送された。しばらく経って彼は私に手紙をくれた。ある夏の日に届いたその手紙に、私はショックを受けた。

そこには、彼が病気で倒れたこと、病院のベッドで目を覚ましたとき、前に入院していた患者の乾いた血が枕についているのを見てふたたび気を失ったことが書かれていた。それと同時に、自分はもう少しで死ぬところだった、きみが自分にとってどんなに大切か、きみをどれほど愛しているかを実感した、帰国したらいっしょになりたいとも綴られていた。私たちの結びつきの強さは自覚していたけれど、彼がこんなに真剣に、こんなに重々しい言葉で気持ちを言い表わしてくれたのは初めてだった。読んでいるあいだじゅう、涙が止まらなかった。恐れと安堵《あんど》と幸福感からくる涙だった。

彼は一命をとりとめ、私たちはいっしょに新しい人生を築きはじめた。

ストックホルム

ウメオ大学の講義は私の一般教養を高めてくれたが、試験を受けたり、その方面で研究を続ける気になったりするほどではなかった。私は自分の進むべき道を決めなくてはならなかった。いろいろな選択肢の中で、私の求める技術と創造性をともにそなえているように見えたのが建築だった。一九七七年、私はストックホルムにある王立工科大学の建築科に入学した。数カ月後、スティーグもストックホルムにやってきた。当時すでに住宅難が始まっていた。私たちは、スティーグの友人の精神科医でウメオ時代の彼の隣人でもあるスヴァンテ・ブランデンが私に貸してくれた部屋に住んだ。

『ミレニアム』第三部『眠れる女と狂卓の騎士』にはスヴァンテをモデルにした人物が登場する。ペーテル・テレボリアンの診断の嘘を暴き、リスベットに対して行なわれた不当な収容措置を糾《きゅう》弾《だん》してリスベットを助ける医師がそれだ。実際、スヴァンテがあの医師の立場だったら、まさしくあのように行動するだろう。私たちの友人はみなそうなのだが、彼は個人の人権と自由を侵害するあらゆる行為に反対する人だ。彼を『ミレニアム』の登場人物のひとりに選んだ背景には、スティーグの彼に対する敬意がある。

スヴァンテが貸してくれた部屋は独り暮らしが入居の条件だったので、ずっとそこで生活するわけにはいかなかった。このころ若者は、取り壊される予定の建物に安い家賃で合法的に住むことができたが、そうした物件は設備が不充分で、湯も出なければ暖房もきかなかった。あまりに住みにくいので、この制度を利用する者はほとんどいなかった。それでスティーグはストックホルム南方の郊外に別の住まいを見つけた。在学中の学生向けに用意された二部屋のアパートを私がリンケビーに見つけたのは一九七九年になってからのことだった。私たちはそこに六年住んだ。この土地は私たちのお気に入りとなり、そのあともここにある別の物件を見つけて暮らした。両方合わせるとリンケビーに十二年いた計算になる。移民が多く、現在では七十カ国以上の国籍の人々が住むこの土地には、当時スウェーデン人の住民が少なかった。『ミレニアム』には外国の姓を持つ人物がたくさん出てくるが、リンケビーはまさに人種と文化の坩堝《るつぼ》だった。建築を専攻した私の学位論文は、ほとんどの商店が地下にあるこの土地の再開発をテーマにしていた。リンケビーの中心を公園沿いに移し、商店の並ぶエリアを作って街の活性化を図ることを提案したのだ。ストックホルムに住まいを見つけるのはもちろん難しいが、私たちはここでの暮らしをとても気に入っていた。お気に入りの喫茶店はギリシャ人の経営する店で、住んでいる部屋の向かいはフィンランド人、階下はロマ人、一階はトルコ人だった。ロマ人夫婦の夫は何度も刑務所に入っていた。そして自宅にいるときは妻を殴った。一度妻がうまく逃げ出して、私たちの扉の呼び鈴を鳴らしたことがある。スティーグは彼女にコーヒーを出し、顔の血を拭いてやり、警察を呼んだ。平和が戻ってきた。しかし今度は向かいのフィンランド人主婦が、ロマ人の女性をこの建物から出ていかせるための署名運動を始めた。私はロマ人向けの語学指導などを行なっている役所の係に電話して、あの気の毒な女性は夫の暴力と隣人の圧力の両方でまいっている、と訴えた。やがて事態は好転した。ある日帰ってくると、階段に香水の匂いが漂っている。五階にある自宅にたどり着くと、フィンランド人の家の扉が開いていた。彼女はロマ人の女性といっしょで、二人ともおしゃれな装いをし、これからパーティーに出かけるという。リンケビーとはそういう土地柄なのだ。とにかく、スティーグが極右の取材を始めて脅迫めいたことが起こってからも、私は夜帰宅するときに一度も怖い目にあっていない。リンケビーでは、旅行をしなくても世界各国の人たちと知り合いになれた。

一九九一年にストックホルムの中心部に引っ越してみると同じ人種ばかりの世界だったので、スティーグも私もカルチャーショックを受けたものだ。

政治以外では、私たちはずっと前からSFへの関心を共有していた。たとえば私はフィリップ・K・ディックの『高い城の男』（ハヤカワ文庫刊）をスウェーデン語に翻訳した。ナチス・ドイツが第二次大戦に勝っていたらこうなっていただろう、という世界を語った小説である。私たちがとくに好きだった作家はロバート・A・ハインラインとサミュエル・R・ディレイニーだ。ストックホルムに居を構えてすぐ私たちは、SF好きのメンバーで作る雑多で楽しいスカンジナヴィアSF協会の会員になった。そして、ふたりで協会の機関紙FANACの編集長を二年にわたって務め、ときおりはクングスホルメンにある協会の専門書店の仕事を手伝った。ビジネスとしては実入りのよくない仕事だったが、〝ファンに徹するのもひとつの生き方〟である以上、損得は問題でなかった。SFならではのありうるかもしれない世界は、空想好きの私たちを魅了した。たとえば一九九二年に刊行されたニール・スティーヴンスンの『スノウ・クラッシュ』（ハヤカワ文庫刊）はサイバーパンクの潮流から生まれた傑作であり、それはリスベット・サランデルが所属する、ハッカー共和国と名づけられたコンピュータの天才たちの世界に通じている。

SF小説では、体の半分が機械で半分が人間のサイボーグは自分を直接コンピュータにつないでサイバー空間にアクセスすることができる。リスベット・サランデルはパソコンを介してインターネットにつながっている。彼女の驚くべき能力はサイボーグの能力に近い。『ミレニアム』にはSF小説になる潜在的可能性もあったのだ。

ストックホルムに出てきてまもないころ、スティーグは郵便局に勤め、私は国から奨学金を受けていた。二人の収入を合わせてどうにか生活できたが、私と違ってスティーグは節約が苦手なので、いつも余裕がなかった。たとえば彼は、私たちが無一文だった時期にさえ、喫茶店で朝食をとって毎日高い金額を払っていた。それがどれほど高くつくか何度言い聞かせてもどこ吹く風で、彼は自分の習慣を変えようとしなかった。農家出身の私は、農場と土地を持っていてもお金を自由に使えない生活をしてきた。スティーグの両親には財産らしい財産はなく、アパートを貸している程度だったが、私の家よりも高価な家具を使っていた。スティーグの母親は高級既製服《プレタポルテ》の店を経営していたので家にはたくさんの服があり、毎年のように私は服をもらっていた。

ストックホルムでの生活が始まってまもない一九七七年、私の父が死んだ。まだ四十六歳だったが、アルコール依存症で、服用している薬との飲み合わせの悪さが体に負担になったらしい。亡くなる二年前、借金があまりに重なったので、代々受け継いできた農場を除いてすべての財産が競売にかけられた。ウメオから百キロメートルのウネスマルクにある小さい山小屋は手放さずにすんだ。私と弟、妹、そしてスティーグがときおり手入れをしに出かけた場所だ。財産目録を作っていた管財人がこの不動産に目をつけたが、私の父が——あるいはスティーグの母のヴィヴィアンが——秘策を思いついた。スティーグと私が正式の夫婦になりすまし、双方の家族が協力して事に当たった。私の父がスティーグの両親と終身の賃貸借契約を結び、これによって山小屋と森を売却できないようにしたのだった。エルランドとヴィヴィアンは山小屋の環境に大喜びで、近くにイチゴとジャガイモを植え、毎年の夏をそこで過ごした。ときには私たちに山小屋を貸してくれた。競売のおかげで父の借金は清算され、わずかながら現金も残った。それなのに、私の父がふたたび有り金を使い果たし、新しい借金を作っていたことが死んでから明らかになった。当時は妹も弟も私もまだ学生で、自分の持ち物すべてを家に置いたままにしていた。その結果、本も成績表も写真も、二百年前から家にあった思い出の品々も、文字どおり全部なくなってしまった。私の祖母は一人息子に死なれたことを深く悲しんだ。けれどもそのほかのことについては、私たちの知っている祖母らしく、毅然《きぜん》とした態度を貫いた。運命を受け入れ、村の老人ホームで何の文句も言わずに十五年の余生を送った。

私の父が死に、家が人手に渡ったことにスティーグはかなり動揺した。父は彼をとても気に入っていた。スティーグは父にとって、ジャーナリズムの話ができる唯一の相手だった。私自身もすっかり打ちのめされていた。スティーグはそんな私を繭《まゆ》で包むように守ってくれた。このころの私は、彼に背負われるように、つぶれそうな自分を支えてもらっていた。

スウェーデン通信

一九七九年、スティーグは郵便局を退職して、フランスのＡＦＰに相当するスウェーデン通信に入る。そしてここに二十年とどまることになる。最初に配属されたのは編集部で、彼は電話で情報を入手し、あらゆる部門の報道員から記事を集めた。そして記事に修正を加え、さまざまな新聞に配信した。要するに編集補佐にあたる仕事だった。その後グラフィック・デザイナーとして〝スウェーデン通信ルポ・写真部〟に移ったが、ここではダーウィンやロビン・フッド、さらには第二次世界大戦まで、関心のある数多くのテーマについて書く仕事もこなした。そしてもちろん、得意分野である探偵小説も取り上げた。女性作家の作品を多く紹介したが、それは男性作家より女性作家のほうがすぐれた文体を持っていると彼が考えていたからだ。独学の人らしく、彼の教養は驚くほど幅広かった。私たちの自宅には至るところにあらゆる分野の本が並んでいた。

ＳＦ、政治、諜報活動を扱った本、軍事、フェミニズム、コンピュータなどなど。なるべく安く手に入れるために原語版を、ほとんどは英語版を買っていた。職場でのスティーグはかなり遠慮深かったせいか、同僚のほとんどが彼を親切で頭がいいけれども人柄をつかみにくい人物、と見ていた。一九八〇年代半ば、極右活動家が人種差別や政治的動機から人を殺し、銀行から金を奪って資金にし、軍の倉庫にある武器を盗むようになると、スウェーデン通信の〝裁判・事件取材部〟はスティーグにたびたび意見を訊くようになった。たいていの場合彼は、容疑者にどういった政治的前歴があり、どんな仲間を持ち、どこに出入りしているかを知っていたからだ。たくさんの相反する情報を前にして、スティーグは現実に起きたことをすばやく見抜いた。たとえば一九九九年、百六十八人が死亡し六百八十人が負傷したオクラホマ爆弾テロで、彼は当初からメディアの推測とは逆に、この事件が極右思想家ウィリアム・ピアースの著書『ターナーの日記』の影響を受けたアメリカ人の犯行によるものだと気づいていた。

一九九〇年代以降、スウェーデン通信はこうした問題に精通した通信社として、世界のメディアの中でも上位にランクされた。その第一人者がスウェーデン通信に身を置いていたわけだが、ジャーナリスト仲間の支持があったにもかかわらず、スティーグは常勤の職を得ることができなかった。〝スティーグ・ラーソンは文章の書き方を知らない〟というのがその理由だった。『ミレニアム』の読者はこれをどう考えるだろうか？

一九九〇年代半ばに入ると、メディア各社に深刻な経営危機が訪れる。多くのスポンサーが撤退して広告ページが減ると、ジャーナリストが解雇されたり、新聞社が一夜のうちに行方をくらましたりするようになった。活字メディアを襲ったこの危機は、やがてスウェーデン通信にも及ぶ。とはいっても、小規模な〝スウェーデン通信ルポ・写真部〟は好成績を保っていた。ひきつづき現地取材の記事と写真を売り、予想に反して黒字さえ出していた。だが通信社全体の合理化計画によって、この部署は廃止されることになる。そして人員削減が始まる。このころ、スティーグが〝裁判・事件取材部〟に配属される可能性が訪れた。彼はふたたび、この通信社における自らの存在価値を証明したのだった。ストックホルムから百六十キロメートルの距離にあるマレクサンデルという村で、銀行強盗の現場に駆けつけた二人の警官が殺される事件が起きた。スティーグはこの常軌を逸した殺人に強い関心を抱き、犯人を極右組織とつながりのある人物だと考えた。事実はまさしくそのとおりだった。ところが人事担当者は、相変わらず〝スティーグ・ラーソンは文章の書き方を知らない〟という理由で、彼を異動させることを拒んだ。スティーグと私はどう対処すべきかとことん話し合った。夕方と夜と週末の仕事に甘んじるのはそろそろやめて、ジャーナリズムと調査に対する情熱を昼間の仕事に注いでほしい、というのが私の考えだった。私たちにはわずかな貯金もなく、毎日の生活費をまかなうだけで精一杯だった。セール以外では一枚の服も買わず、買い物には安売り店ばかり使っていた。しかし、経済的にどんなに危うくても、決断しなければならないときがある。

ついにスティーグはいまの環境では先がないと見きわめをつけ、一九九九年に退職金を受け取ってスウェーデン通信を辞《や》めた。

こうして彼は二十年にわたるスウェーデン通信での仕事に自ら終止符を打ち、二度と復帰しなかった。のちにスウェーデン通信のジャーナリストと会う用事ができると、喫茶店を使った。国内最大の通信社の不当ともいえる合理化で自分をはじめ有能なジャーナリストたちが受けた処遇を、彼は許せなかったのだ。

スウェーデン通信を去ってからの彼は、一九九五年に自ら設立した雑誌『エクスポ（EXPO）』の仕事に専念する。

『エクスポ』

レジスタンス活動をしていた祖父のもとで幼少期を過ごしたスティーグは、極右反対の立場をとるイギリスの月刊誌『サーチライト』に共鳴し、参加しようと考えた。そして一九八二年、責任者に会いにロンドンへ出向いた。待ち合わせ場所として喫茶店が指定されたが、二人とも身の安全を心配して相手を信用できず、ファシズムについてまるで取り調べのように質問しあうことから会話を始めた。幸いどちらもユーモアの感覚をそなえていたので、雰囲気はすぐに和らいだ。翌年、スティーグは他の寄稿者と同じように筆名を使って『サーチライト』に記事を書きはじめた。この雑誌を除けば、記事、報告書、単行本を問わず彼はつねに本名を使っている。たとえばフランスの政治学者ジャン゠クロード・カミュの『ヨーロッパの過激主義』に収められた北欧の章は、スティーグ・ラーソンと署名されている。

スティーグの死後、『ミレニアム』がベストセラーになると、あるイギリスの編集者が『サーチライト』に掲載された彼の記事すべてを単行本にまとめる計画を立てた。彼はストックホルムまでやってきて、承諾しようとしない雑誌社に圧力をかけてくれと私に頼んだ。彼がなかなかあきらめないので、私は雑誌社から受け取った〝スティーグ関連ビジネスに対しては一行たりとも記事を渡すつもりはない〟という文面の手紙を見せた。二十年あまり関係のあった寄稿者に『サーチライト』が払ってくれた敬意には、本当に感銘を受けた。

一九八〇年代には人種主義者の暴力が猛威をふるったが、一九九〇年代に入るとスウェーデンで極右が大きく勢力を伸ばした。そのため、スウェーデンでも『サーチライト』のような雑誌を出すことが急務と思われた。ただスウェーデンの文化はイギリス文化とかなり異なるので、そっくり同じものを作る気はなかった。私たちは同じ志を持つ人々に集まってもらい、雑誌の内容をめぐって二年以上話し合いを重ねた。しかし議論はいつまでも理論的なレベルにとどまって、成果なしに終わってしまった。

そこに現われたのが〈ストップ人種差別〉という団体だった。この団体は〝私の仲間に手を出すな〟というスローガンと黄色い小さな手のロゴを掲げる〈人種差別SOS〉を模範として一九八五年に設立され、一九九五年、人種主義グループや極右組織の分析を含むような第二の機関誌を創ろうと考えた。こうして、またたく間に事が運んだ。人材と構想と補助金が私たちのまわりにいきなり集まったのだ。決まっていなかった雑誌の名前は『エクスポ』に決定した。第三号を出したところで、団体の傘下という立場を不満に感じた編集部は雑誌を独立させることに決めた。スティーグと私は若い世代に後を継いでもらうのがよいと判断し、控えめに手を貸すにとどめた。『エクスポ』の仕事場はリスベット・サランデルが一時期住んでいた通りにあり、初期の『ミレニアム』編集部が置かれていた狭くて古めかしい地下室そっくりだった。『エクスポ』は、ミカエル・ブルムクヴィストお気に入りの待ち合わせ場所〈カフェ・コーヒーバー〉が一階に入っている建物の一室を借りたこともある。執拗《しつよう》につきまとうネオナチから逃れるため、絶えず居場所を変えなければならなかったのだ。『エクスポ』がメディアの世界にデビューするにあたっては、本当に手ごわい妨害があった。四月初め、青年部を通じて『エクスポ』を支援していた政治団体が少人数の極右組織から脅迫を受け、事務所の一部を破壊された。オーデン通りの書店と大手出版社の窓ガラスが割られ、印刷所にはハーケンクロイツと〝『エクスポ』を印刷するな〟の文字がスプレーで落書きされた。その政治団体は屈しなかったが、印刷所は『エクスポ』の仕事を降りてしまった。一九九六年六月になって、劇的な展開が起こった。ふたつの夕刊紙『アフトンブラーデット』と『エクスプレッセン』が、本来はライバル誌である『エクスポ』の発売予定の号を印刷し、付録として配布したのだ。二紙の編集長トールビヨルン・ラーソンとクリスティナ・ユッテルストレムは、表現の自由を守るためこのような措置をとったという共同声明を発表した。

スティーグは大喜びだった。この固い連帯のおかげで、『エクスポ』は一九九七年まで刊行を続ける。ことができた。しかし定期購読料と寄付金による収入は、印刷代と編集部の家賃を支払うといくらも残らなかった。経済危機が身近に感じられるようになると、『エクスポ』は綱渡りのような状態になった。そのため国の文化委員会に援助を求めたが、支給された金額はあまりにわずかで、編集部はそれ以上の奔走をあきらめた。私たち全員が空いた時間、つまり夕方と夜と週末にしか活動していなかったことも、行き詰まった原因のひとつだった。結局『エクスポ』は活動をやめ、一九九八年には反極右の立場をとるノルウェーの雑誌『モニトール』、その後はクルド・バクシの雑誌『スヴァルトヴィット』など、さまざまな定期刊行物の付録という形で存続するだけになった。『エクスポ』は、ちょうど補助呼吸装置によって生命を維持するように生きながらえた。そして五年後、自らの力で毎月の刊行を復活させるのである。

一九九〇年代はスティーグが猛烈に働いた時期で、私たちの私生活に深刻な影響が生じた。彼はスウェーデン通信、『サーチライト』、『エクスポ』をはじめ、自分の本や共著の執筆に追われ、私と過ごす時間がほとんどなくなった。一九九三年の地価暴落のあと、私は大手建設会社の嘱託建築家の職を失ったので、いっそう孤独を感じた。この会社ではリカルド・ボフィルが設計する建物のプロジェクトに加わるなど、とてもやりがいのある仕事を手がけていたのだが。スティーグと私は空けられる時間が一致しなかったので、ほんの束の間しか過ごせないとわかっていて待ち合わせることもあった。場所は、『ミレニアム』でミカエルがよくカフェラテを飲む、スウェーデン通信と『エクスポ』の中間地点にある〈カフェ・アンナ〉だった。

この時期私は、数週間後にはまた会うようになったとはいえ、スティーグと二度別れている。一回目は友人の男性が貸してくれた部屋に移り住み、二回目は親友エレノールの家で生活した。二度ともスティーグはすっかり元気を失った。いまもなお私は、子どものころ祖父に死なれて心細い境遇に陥ったことのある彼にあんな苦しみを与えたことを悔やんでいる。私にとって彼がどんなに必要か、別のやり方でわかってもらうべきだったのだ。それに、彼が努力しなかったわけではないが、別れた経験によって私たちの生活が変わったのはせいぜい数カ月のあいだだけだった。しばらくすると彼はまた仕事に忙殺された。一九九九年にはあらゆる危険と変化が相次いで起こった。スティーグがスウェーデン通信を辞《や》めた時期と重なるように、極右の暴力が増えてきた。『ミレニアム』三部作でスティーグは、脅迫に屈して手を引いた印刷所に代わって『エクスポ』を印刷した勇気ある人物を、モルゴンゴーヴァのハルヴィッグ広告印刷会社の経営者として登場させている。ヤン・ケービンというこの人物は刷り上がった『エクスポ』を自分の車に積み、タイミングを見はからって最後の一冊まで書店に届けたので、スティーグは強い感銘を受けた。ケービンが二〇〇七年を代表する企業家に選ばれたときは私もうれしかった。第一部でミカエル・ブルムクヴィストは彼をモデルとする印刷業者に、ヴェンネルストレム事件を扱った著書と、この事件を特集した雑誌『ミレニアム』の号を任せている。第二部でもミカエルは〝その価格もサービスも、ほかの印刷会社とは比べものにならないほど良心的〟な彼の会社を信頼し、東欧諸国における売春斡旋《あっせん》組織を取材したダグの原稿を託す。そして第三部では、公安警察の中にひそかに作られた、冷戦時代の遺物のような秘密組織を暴く自著を製本してもらうのである。

『エクスポ』がなんとか存続できたのは、『ミレニアム』に描かれているような、強い社会的目標を共有するさまざまな人々の熱意のおかげだ。『火と戯れる女』には、エリカ・ベルジェが編集部のキッチンでコーヒーを淹《い》れようとして、ひとつひとつが別の政治団体のロゴを持つたくさんのマグカップを見てほほえむ場面がある。これは、ジャーナリストたちの持ち寄ったコーヒーカップが、彼らの意見と同じくらい種々雑多だった『エクスポ』編集部への温かい追憶だ。彼らはどの政党のシンパであってもよいが、政党に属しての活動はできなかった。雑誌が政治上の対立を超えて中立であるためには、どうしてもこのルールを守らなくてはならなかった。

ほかの雑誌に依存していた歳月のあと、『エクスポ』は二〇〇三年、学校で民主主義の問題をテーマに教育的活動を行なうこと、そして、人種主義的犯罪および雇用や住宅確保といった分野における人種差別をめぐるRAXEN[原注]の報告書を作成することを条件に、まとまった額の補助金を得て、ふたたび自力による刊行を始めた。

こうしてスティーグと私はそれぞれ『エクスポ』から給料を得られるようになった。新しい編集メンバーには、以前と同じくらい若い、しかしもっと経験のある人材が選ばれた。メンバーのほとんどはすでにジャーナリズムでキャリアを積んでいた。私は報告書を英語に訳し、事実関係をチェックし、仕上げる仕事をした。それは編集と同様、地味な仕事だったが、この報告書によって収入がもたらされていたので重要だった。二〇〇二年のクリスマスイブには、RAXENの報告書の提出期限を一月一日に控えて、私たちは徹夜で仕事を続けた。日が暮れるころ、何人もの同僚がクリスマスパーティーに行くため編集部を出ていったが、私たち古株は期限を守るためにずっと残っていた。

極右に対抗して論陣を張ったこの時期、スティーグは自らの文章で、スウェーデン民主党のような愛国主義的政党への警戒を絶えず呼びかけた。彼が訴えようとしたのは、こうした政党が単に陰謀説に基づいてスウェーデン社会への浸透をもくろむ変わり者のグループではなく、まぎれもない政治運動であること、政治の場でそれらと闘わなくてはならないことだった。スウェーデン民主党の議席獲得をはじめ、現在スウェーデンで起きていることを見ると、スティーグの懸念が現実になったと考えるほかはない。

原注　人種主義と外国人排斥に関する欧州ネットワーク。欧州モニタリング・センターの後援を受けている。

脅迫

『サーチライト』に寄稿しはじめると同時に、スティーグは極右勢力にマークされる存在になった。一九九一年、彼はアンナ＝レーナ・ロデニウスと共著で『極右』を出版した。極右の潮流にある団体と政党を調査し、その誕生の経緯とヨーロッパ・北欧・アメリカにおける提携組織、そして暴力行為の実態を紹介した本だった。この問題を徹底的に扱った初めての本でもあった。この本に紹介されている組織のひとつに〈アーリア同胞団〉がある。〈アーリア同胞団〉は、ロマン派的傾向を帯びた人種主義的暴力を濃厚に感じさせる『ストーム』という雑誌を出していた。メンバーのうち七人が二十以上もの前科を重ね、なかでも軍の倉庫への不法侵入、強盗、殺人が多かった。翌年には『ストーム』が私たちとアンナ＝レーナの住所をつかんでいることがわかり、私たちはひどく心配した。ネオナチのブラックリストに名前が載ることはかなりの危険をともなう。身を守る方法を考えていたとき、当時妹とつきあっていた相手がこう言ってくれた。「あなたがたはぼくの家族同然です。ぼくのイタリア人の叔父は多くの有力者とつながりがあります。彼に頼めば、きっと解決策が見つかりますよ」。当初は、家族同然という言葉も手伝って、私たちは喜んだ。それからよく考えてみた。決まった金額を払うようなことではないから、将来何らかの形で恩義に報いる必要が出てくるかもしれない。その報い方の想像がつかない。また、犯罪者を見つけるのは本来警察の仕事である。結局私たちは、法的手続きによって解決するつもりだといって申し出を断わった。しかし告白すると、私自身はかなり迷った。一九九三年、『ストーム』はスティーグとアンナ＝レーナの写真を、健康保険の登録番号、電話番号、自宅および勤務先の住所とともに掲載した。スティーグを評した文章はこう締めくくられていた。〝この人物の発言と顔と住所をよく覚えておこう。このまま仕事を続けさせておくべきか、それとも手を打つべきだろうか？〟

当時のスウェーデンでは、パスポートを発給する警察の窓口へ行けば、誰でも他人の写真を手に入れることができた。『ドラゴン・タトゥーの女』でリスベット・サランデルは、その方法の容易さを的確に表現し、こう付け加えている。〝その人物が誰であろうと、通常は何らかのデータベースに記載されているもので、そこから簡単に対象人物を絡《から》めとることができる〟。『火と戯れる女』ではリスベットが古いアパートを手放すのをためらうが、それは新しい住所を届け出る必要が生じるからだ。〝リスベット・サランデルはどんな種類の名簿にも存在しない人間になりたかった〟。スティーグは、ジャーナリスト、夫婦間暴力で妻に逃げられた夫、探偵、極右勢力、犯罪組織が特定の人間の情報をつかむやり方をよく知っていた。『ストーム』はこうした脅迫によって告訴され、有罪判決を受けた。しかし判決が下るまでにはかなりの歳月がかかった。一九九〇年代には、政治的な動機で十人以上の人々が殺害された。公安警察[原注]の調査によると、一九九八年に人種主義的な動機で起きた傷害事件は二千件を超え、その半数にネオナチの活動団体〈ホワイト・パワー〉が関与している可能性があるという。私たちのマンションの扉には私の名前しか掲げておらず、電話の契約者名も私になっているのだが、自分の名前を告げない電話がよくかかってくることから、スティーグの存在が知られているとわかった。私たちはすでに入口扉に暗証番号錠を付け、警報装置を設置していた。私は新たに防犯扉を取りつけてもらった。第二部には、モーセバッケのフィスカル通り九番地にあるリスベット・サランデルの新しいマンションにミカエルが入ろうとするシーンがある。そのとき、扉の脇に取りつけられた防犯アラームの表示パネルが作動する。〝アラームが仕掛けてあるかもしれないなどとは思いもしなかった。……『ミレニアム』編集部のアラームは、三十秒以内に正しい四桁《けた》の暗証番号を入力しないと、警備会社に連絡が行き、屈強な男たちが何人かやってくることになっている〟。これは私たちが何度もした経験で、忙しい仕事を終えてようやく帰ってきた自宅の前で〝まもなく警報が鳴ります〟という表示を目にすると、よく無力感に襲われたものだ。

スティーグは銃弾を送りつけられたこともあったし、一度はスウェーデン通信の出入口で待ち伏せされた。不審な人物がいると知らされた彼は、裏口の扉から外へ出た。私たちのマンションの電話は、脅迫を録音するためつねに留守番電話にしてあった。脅迫の文句はどれも似たり寄ったりだった。「腐ったやつめ、ユダ公と寝てるんだろ」、「裏切り者、いまに殺してやる」、「居所はわかってるぞ」といったものだ。

スウェーデンのネオナチは〝アンチAFA（アンチ反ファシスト運動）〟という情報網を持っていた。一九九四年に『ストーム』が告訴されると、警察の手で書類が押収されたが、その中には人種差別に反対する活動家二百人あまりを掲載したリストがあった。数年後、極右勢力はその標的として、『エクスポ』の元寄稿者で夕刊紙『アフトンブラーデット』の記者であるペーテル・カールソンとカタリナ・ラーソンを選んだ。この二人は、世界中の極右グループに資金を供給している、羽振りのいい〈ホワイト・パワー〉の音楽事業を調査していた。実際、二人の仕事はノードランドというレコード会社を倒産に追い込んだ。どちらも公《おおやけ》の資料に個人情報を明かしていなかったが、一九九九年三月、二人の本名と住所をはじめ、かなり正確な関連情報がインタ

原注　公安警察（略称 Säpo）はスウェーデン警察庁に所属し、国内の治安維持を担当する組織。

ーネットに公開された。しばらくして『アフトンブラーデット』は彼らの調査に基づいて、兵役期間中に銃と爆弾の操作を覚えたネオナチの名前を明らかにした。三ヵ月後の六月二十八日、ペーテル・カールソンは自分の車に爆弾を仕掛けられて重傷を負った。爆発直前に車のドアを開けようとした九歳の息子は軽いけがですんだが、カールソンのほうはいまも背中の重い障害に苦しんでいる。

同じく一九九九年の九月十六日、組合活動家ビョルン・セーデルベリは職場の組合幹部がネオナチのメンバーを採用したことを暴露した。その日から九月末までネオナチの機関誌『インフォ14』が、役所の戸籍担当窓口にビョルン・セーデルベリを含む二十五人のネオナチ反対者の写真を求めた。十月十二日、ビョルン・セーデルベリがストックホルム南部の地区で何発もの銃弾を受けて殺された。殺害にかかわった男の家からは、千人分の情報を集めたリストが発見された。

こうした出来事は雑誌『ミレニアム』が受ける脅迫に反映している。たとえば『火と戯れる女』では、一般市民の防犯体制の隙をつく形でダグ・スヴェンソンとミア・ベルイマンが殺害される。『ミレニアム』に語られているこの種の事件は、ジャーナリスト、政治家、検事、組合活動家、警察官など、あらゆるスウェーデン人の身に降りかかるおそれのあるものである。けっして虚構ではないのだ。

犯人の割り出しは早かった。一九九九年十月十四日、犯人たちは逮捕された。その日の午後スティーグが私に電話をくれて、ペーテル・カルコノシェから彼に連絡があったこと、それによれば私たちのパスポートの写真がセーデルベリの写真とともに犯人の潜伏場所から見つかったが、容疑者の一部はまだ逮捕されていないことを告げた。スティーグは「今日は帰宅しちゃだめだ」と言って電話を切った。最後の容疑者が捕まった十一月二十九日、友だちのエレノールは胸をなでおろして言った。「これでやっと、レストランで心おきなく食事ができるわね！」

このような事件が続いた時期、スティーグは私のことを、私は彼のことを四六時中とても心配した。二人で喫茶店に入ると、私はいつも自分が盾になるように、入口のドアと彼のあいだに座るようにした。また、いっしょに人前に出るのをやめた。私は仕事仲間にさえ、自分が生活をともにしている男の名前を言わなかった。訊かれても「ジャーナリストよ」と答えるにとどめ、それ以上の説明を避けた。彼らを家に招くことはなく、いつも外で会った。スティーグは、私には黙ったまま、私のまわりに防犯対策を張りめぐらした。たとえば、私たちが住んでいる界隈《かいわい》でトラブルが起きたという通報があったら、警察は手配できるかぎりの車両を向かわせることになっていた。その事情を彼から教えてもらったのは近所で小さな交通事故があったときだった。屋根に回転灯をつけた車が続々と集まるのをベランダから見て、事情を知らない私は〝あきれた。警察っていうのはよほど暇なのね！〟と思ってしまったものだ。

こうした生き方は安らぎとはほど遠いものだったが、私たちはそんなふうに生きていた。ふたりでそう生きると決めたのだ。しかし、私たちの暮らしがその影響をこうむったのは間違いない。結婚しなかったこと、子どもを作らなかったことがその最たるものだ。

実際、あらゆる公的書類に〝独身〟と記載されているほうが、スティーグとしては危険が少なかった。すでに述べたように彼の住所を見つけるのは簡単だが、かりに居場所を探しあてても扉には私の名前しかなく、請求書類の宛名もすべて私になっている以上、彼がいるかどうか確かめるのはいくらか困難になる。

一九八三年、私たちは結婚しようと考えた。レイエーリング通りの店で結婚指輪を買い、〝スティーグとエヴァ〟という文字を彫ってもらった。そしてストックホルム北西のスポンガ教区の神父に会いに行き、必要な手続きをとるのにどれくらいの時間がかかるのか尋ねた。あなたがたが考えているほどスピーディにはいかないし、簡単でもありませんよ、と神父は答えた。ここでもまた、日々の仕事が私たちの私生活を妨げ、二人とも時間を割《さ》いて必要な書類を整えようとはしなかった。ちょうどそのころ、スティーグと私が〝私たちの島〟と呼んでいたグレナダにアメリカが軍事侵攻を行なった。現地で何が起きているかつかむため、私たちは大量の仕事をこなした。こうして結婚は、その時点における最重要課題ではなくなってしまった。さらに『サーチライト』への寄稿を始めたスティーグは極右勢力にとって〝興味ある〟人物になったので、さまざまなリスクを背負うことになった。それでも彼は結婚指輪を長いあいだはめていて、たくさんの写真に指輪をした姿で写っている。一九九〇年代には太ったせいでサイズが合わなくなり、無念にもはずすことになったのだが。私のほうは一度もはずしたことがなく、いまではスティーグがしていた指輪も自分の指にはめている。

スティーグの父エルランドは、一定の期日までに結婚しないと、配偶者と死別した場合の年金の転換が認められなくなるというふうに法律が変わった一九八〇年代末に、繰り返し私たちに結婚をすすめた。しかし、同世代の多くの男女と同じように、私たちは結婚しなかった。しかも私たちは安全上の問題まで抱えていた。

家庭を築かなかった背景には、お互いの子ども時代の記憶があるとも思う。子どものころ、私は母親からかまってもらえないように感じていた。母親には複雑な事情があったにちがいないが、それでもこの感情のせいで私は子どもを持つことをためらった。私たちは子どもを持とうと考えたことがあるが、後付けの理由ではなく、つねに何かしらやるべき仕事に追われていた。子どもを作る前に経済的基盤をもっと安定させたかったし、堅実で確かな生活ができるようにしたかった。そうしているうちに歳月が過ぎていった。

死の数カ月前、スティーグはまた結婚の話を持ち出した。すでに結婚指輪をはめているのだから、考えてみれば自然な流れだった。『ミレニアム』が出版されれば生活に余裕ができるし、スティーグは『エクスポ』で働く時間をこれまでの半分にするつもりだったので、極右からの〝危険視〟も和らぐだろうと私たちは考えていた。
そんな将来の計画も、死によって断ち切られてしまった。

『ミレニアム』

スティーグは「ぼくはミステリを書くぞ！」と宣言して颯爽《さっそう》とパソコンに向かったわけではない。むしろ、第一部から第三部についても、構想していた残りの七部についても創作メモを作ったことがないので、着想の正確な時期はわからないと言ってもいい。彼はまず、相互につながりを持たない場面をいくつも書いていく。そのあとで、自分の好みと物語の展開にしたがってそれらを〝縫い合わせる〟のだった。

二〇〇二年、ある島で一週間の休暇を過ごしたとき、彼は少し退屈そうにしていた。私はスウェーデンの建築家ペール＝オーロフ・ハルマンについての本を書いていたが、彼は部屋をぐるぐる歩きまわるばかりだった。

「何か書くテーマはないの？」私は彼に尋ねた。

「ないよ。でも、一九九七年に書きかけた『クリスマスに花を受け取る老人』という作品を思い出したところなんだ。覚えてる？」

「もちろんよ！」

「あの老人がどうなったか、ぼく自身知りたい気がするんだよ」

スティーグはさっそく書きはじめることにし、私たちは屋外にそれぞれのパソコンを持ち出して、草を踏み、海を眺めながら、残りの休暇を幸せな気分で過ごした。

こうして『ミレニアム』と私の著書が同時に形をとっていった。

『ミレニアム』から想像されるのとは反対に、スティーグはコンピュータに強いわけではない。それどころかずいぶん長いあいだタイプライターを使っていた人だ。一九九〇年代初め、私がパソコンを備えた会社で働くようになってから、二人ともパソコンに切り換えたのだった。『エクスポ』編集部でも、パソコンをハッキングから守るためにわざわざ専門家を呼んでいた。ハッキング対策を講じられるほどコンピュータに強い者はいなかった。『火と戯れる女』ではリスベット・サランデルがフェルマーの最終定理に興味を抱いて何度もこれと取り組み、第三部『眠れる女と狂卓の騎士』でようやく熱が冷めるが、この定理にかなりのページを割《さ》いているにもかかわらずスティーグは数学マニアではない。逆に彼は数学がかなり苦手で、大学入学資格試験でも数学に足を引っぱられ、もう少しで不合格になるところだった。でも私たち二人は、いろいろな要素を含んでいて、日常生活の役に立つわけではないのに知的興奮をそそる理数系の学問を好んでいた。未知の事柄について書かれた文章を少しかじっただけで、突っ込んだ研究がしてみたくなった。スティーグは水を吸うスポンジみたいに、どんな知識でもノートをとることなく吸収した。たとえば彼は登場人物の服をかなり詳細に描くが、そのためにカタログを熱心に見るわけでも、ショーウインドーの前にたたずむわけでもなかった。街を行く人の姿を見るだけなのだ。彼は街を眺めるのが好きだった。スティーグはまた、服の着こなしが独特だった。ジャーナリズムに身を置く男性には状況におかまいなしにスポーツウェアで通す人が多いが、スティーグは場所や会う人に応じて服を選んだ。気取り屋でもスノッブでもない趣味の良さを持っていた。

彼は二年間に二千ページ分の文章を書いた。『サーチライト』、スウェーデン通信、『エクスポ』の記事に加えて『ミレニアム』を書き進めていたのだが、どの原稿に対しても同じエネルギーを注いだ。最初の年は夜と週末を『ミレニアム』にあてた。寝るのは遅かったが、ほぼ習慣どおりだった。いっしょに暮らしている私はときおり重圧を感じたが、救いだったのは私たちに笑いが絶えなかったことだ。彼は原稿を書き、ベランダに出て煙草を一本吸い、また集中して仕事を再開した。次の年になると、昼間も、そして本来なら雑誌の仕事をするべき『エクスポ』編集部でも、『ミレニアム』を書き進めるようになった。この年の彼は一日に五、六時間しか寝ないほどたくさん仕事をした。『ミレニアム』のいちばん新しい原稿が午前三時とか四時とかの時刻に書かれていたことから、彼が睡眠時間を削っているのに気づいたのだった。『ミレニアム』は彼の心の支えになっていたのだと思う。

スティーグは芸術家肌で、それだけに足が地につかないときもたびたびあった。家では私が芸術家の妻の役をしていたが、『エクスポ』では彼の性格が混乱を招いた。彼は雑誌の編集長としては優秀でも、会社経営者としては問題があった。アシスタントがいなかったうえ、苦しい財政状況を乗り切る手際の良さが彼にはなかった。仕事の進行に目を配り、それをまとめていく術《すべ》も知らなかった。積み重なった問題を状況に迫られて大急ぎで解決しようとするので、くたくたになっていた。彼が死んだあと、広告主に再度の財政援助を求める手紙が見つかった。十一月七日の日付があるその手紙は投函されなかった。彼が亡くなったのは十一月九日だった。スティーグの生前、『エクスポ』には彼の仕事ぶりに対していろいろな賞や賛辞が送られてきたが、結局みな言葉だけにすぎなかった。毎月初めになると、彼はその月の経費を工面するため必死の努力をしなければならなかった。しかも彼は自信を失っていた。スウェーデン通信を辞《や》めたときに受け取った退職金は底をつき、『エクスポ』への希望はしぼみつつあった。実現できると信じていたものすべてがむなしく消えかけていた。それで彼はいっそう書くことに本気になった。書くことで癒《いや》されていた。自分が見たままのスウェーデンを、スキャンダルを、女性への抑圧を、そして人柄を称《たた》えたい友人たちを書き、私たちの心を魅了してやまなかったグレナダを描いた。抜群の記憶力で事柄の細部まで頭に刻み、パソコンに記録して、それを必要に応じて作品に利用した。もしスティーグが社会問題に取り組まず、いろいろな闘いを経験せずにすんでいたら、『ミレニアム』はけっして生まれなかっただろう。あの作品は彼の心でもあり筋肉でもあると私は思っている。

ジャーナリストとしてのスティーグの能力

ウェブサイトにおける文責の明示を義務づけ、インターネット上の発言者に対しても、ほかのメディアと同様の責任が問えるようスウェーデン憲法によって規定することを、スティーグは長年の目標にしていた。しかしその願いは実現しなかった。憎悪をあおり、脅しの言葉を吐く人種主義的なサイトやファシストのサイトは、いまなお起訴の対象になっていない。

二〇〇四年六月、ヨーロッパ・中央アジア・カナダ・アメリカの五十六カ国が参加するOSCE（欧州安全保障協力機構）の会議がパリで開かれたとき、彼はこの問題を提起した。OSCEは公開討論の場を設けて、紛争や軍事的脅威への警戒とその抑止、危機管理と紛争後の復興などを、政治交渉と決議によって進めていた。その公開討論でスティーグは、インターネットを法律的に野放しにしておくことがどんなに危険かを訴えた。彼はこう指摘した。「人種主義グループにとってサイバー空間ほど好都合な環境はありません。彼らがネット上にサイトを持つことを何よりも優先するのはそのためです」。しかし彼はまた、法律を整備するだけでは問題は解決しないとも述べた。「ネット上に流される憎悪のプロパガンダに対抗するには、法律だけでは足りないと私は考えています。むしろ法律を過信しないよう気をつけてほしいのです」。法律が〝問題の表面をこする〟だけに終わらないためには、政治家、そしてジャーナリストをはじめとする市民が積極的に介入する必要があるというのが彼の考えだった。それがないかぎり、事態が悪い方向に向かうのではないかと彼は心配していた。

『ミレニアム』は、一九八〇年代から九〇年代にかけてメディアが本来の責任を放棄したことを糾弾《きゅうだん》している。調査報道の記者が社会問題をないがしろにする一方、経済記者は企業主をロックのスター歌手のように扱い、ダミー会社や特別手当制度やカルテルで彼らが労せずして富を築くのを黙って見ている、というのだ。ジャーナリストと企業との境界がこのようにあいまいになると、多くの者がジャーナリストをやめて企業のPR担当者になるという結果も生じてくる。『ドラゴン・タトゥーの女』の冒頭部分でミカエル・ブルムクヴィストは、ヴィリアム・ボリィというジャーナリストの姿を通じてスティーグの告発を代弁している。〝ボリィはジャーナリズムを去り、現在はある企業のコンサルタントとして、以前とは比較にならないほど高い給料を得ている〟。言うまでもなくスティーグは、出世やお金のために身を売ったりはしなかった。

『ミレニアム』にはジャーナリズムに関するスティーグの認識のすべてが詰まっている。読者に対する彼の敬意も見てとれる。ヘンリック・ヴァンゲルに向かってミカエルはこんなふうに言う。〝「読者が『ミレニアム』を買ってくれなくなったら、広告主がいくらいても何にもなりません」〟。スティーグは読者に真実を伝えることが報道誌の使命だと信じ、真実を求めて闘ったが、読者のためにすべてを犠牲にしてはいけないとも考えていた。たとえば、暴力の犠牲となった人の私生活を雑誌で暴露して二重に苦しめることを、彼は拒絶した。『ミレニアム』にはリスベットと彼女の友人が新聞で〝悪魔崇拝のレズビアン〟扱いされる場面があるが、読者の好奇心をあおるそうしたメディアの傾向を、スティーグは皮肉をこめて強く告発している。ハリエット・ヴァンゲル失踪の謎を解いたとき、ミカエル・ブルムクヴィストは良心にかかわる問題に直面する。ハリエットを世間の好奇心の的にしてでも、ジャーナリストとしてすべてのいきさつを語るべきか。あるいは、たとえこの特ダネによって『ミレニアム』が潤うとしても、それを断念して口をつぐみ、真実を隠しとおすべきか。長く苦しい内心の葛藤の末、道義心がジャーナリストとしてのエゴに打ち勝ち、ミカエルは真実を発表しないことに決める。ここはスティーグがメッセージを伝えようとした箇所だけに、たいへん重要である。ただ、初めに読んだとき、私は異論を唱えた。その原稿では、オーストラリアでミカエルに発見されたハリエットが、すっかりおびえて彼にこう言うシーンがあった。〝「あなたは私が生きていることを突きとめた。これからどうするつもりなの？　あなたも私をレイプするの？」〟。これでは読者に極端な印象を与えるし、ハリエットをあまりにも猜疑心《さいぎしん》にとりつかれた女性に感じさせてしまうと私は思った。スティーグは私にまったく同意しなかったので、長い議論になった。彼は「わかった。書き換えよう」とは言わなかった。ひとことも口にしないまま、最後にはあのせりふを削った。

第一部の冒頭で、実業家ハンス＝エリック・ヴェンネルストレムについて事実の裏づけのない記事を書いたとして有罪判決を受けたミカエル・ブルムクヴィストは、『ミレニアム』に対する読者の信頼が失われるのを恐れて自ら編集部を去る。その後、ダグ・スヴェンソンの著書を出版するときには、情報が漏れないよう万全の対策をとる。スティーグの仕事ぶりを見てきた私にはこうした態度がよく理解できる。また、情報提供者の身元を明かしてはならないとするスティーグの考え方は、ダグとミアが殺されたあと、警察が到着する前にパソコンからすべてのデータを消去するミカエルの行動に反映している。スティーグの死後、私を含めて彼と親しかった者たちが彼の使っていたパソコンのデータをなぜ公開しようとしなかったか、いまではよくわかってもらえると思う。執筆中だった第四部の原稿のほか、パソコンには極右についてスティーグに情報を提供した人々の名前と連絡先が収められている。そしてスウェーデン憲法は、身元を明かされない権利を情報提供者に保証しているのだ。

フェミニズム

『ミレニアム』には、女性への存在するかぎりの暴力と差別が書き込まれている。

十代後半のころ、スティーグはウメオで、一生忘れることのできない悲劇的な事件に遭遇した。ある週末、キャンプ場で少女が何人もの男にレイプされるのを目撃したのだ。襲った男のひとりは彼の友人だったが、これを境にスティーグはこの友人と会うのをきっぱりやめた。少女を助けなかったことが罪悪感となって彼の心を悩ませた。事件からしばらく経って、街で少女とばったり会った彼は、あやまろうとして声をかけた。しかし彼女は相手にせず、忘れられない言葉を残して彼から離れていった。「来ないで。あなたもあの連中と同じよ！」

彼が女性の問題を真剣に考えるようになったきっかけはこの事件にあるのだろうか？　いずれにしても何らかの影響があったにちがいない。スティーグは、第一部から第三部までのタイトルを『女を憎む男たち』（第一部の原題）にしたいと考えていた。このタイトルが付されたのは結局第一部だけになったが、最初の意図を貫いてほしかった気もする。なおフランス語版では、〝憎む〟という表現が〝嫌う〟に変えられている。

一九七二年にスティーグと出会ったとき、彼はすでに熱心なフェミニストで、私生活で女性といっしょにいることを好むだけでなく、仕事でも男性より女性と協力するのが好きだった。事実たいていの場合、彼は女性たちに受けがよかった。本人から聞いた話だが、祖父母と暮らしていた子ども時代、いちばんの親友は女の子だったという。女性は男より考え方が斬新で、男みたいに是が非でも出世しようとはしないと彼は見ていた。仕事で彼は男に対しても女に対しても同じ接し方をし、双方に同じ期待を持っていたが、女性の指示で働くほうが楽しく感じられたという。男の権威をふりかざすような人物が〝スティーグの女たち〟を邪魔しようとすると、彼はその男に態度を改めるよう注意するか、あるいは自分の私生活からその男を締め出した。『眠れる女と狂卓の騎士』ではエリカ・ベルジェが『スヴェンスカ・モルゴン＝ポステン』紙の編集長に任命されるが、スティーグは有能な女性が男の世界で直面する嫌がらせや汚い手口をみごとに描いている。〝十四時に予定されていた編集会議が、彼女への連絡なしに突然十三時五十分に繰り上げられ、彼女が着いたときにはほとんどの決定が済んでいた日もあった〟。さらに、彼女が選んだ見出しは不採用になり、彼女が掲載を見合わせた記事が第一面を飾るのである。

スティーグはことのほか女性が好きだったが、それで私が不安を感じたことは一度もない。彼も私も嫉妬の感情など抱かなかった。でも正直に言えば、彼からつねに目を離さないようにしていた。

スティーグは若いころ、ジャズを教わった友人と組んでドラムをたたいていた。しかし本当に好きだったのはロックで、とりわけシェイクスピアズ・シスター、ユーリズミックスのアニー・レノックス、ティナ・ターナーといった女性ロックシンガーを気に入っていた。その影響からか、リスベットは女性ロックグループのイーヴィル・フィンガーズと親しい関係にある。私の音楽の趣味はもっと広く、ロックやポップスだけでなくオペラや民族音楽にも関心があった。私たちは家でさまざまなジャンルの音楽を聴いたものの、音楽をかける機会は少なかった。

私たちはそれぞれの好みに合わせて家事を分担した。スティーグは掃除が、私は料理が好きだった。洗濯は二人とも嫌いだったので交代でこなした。

『ミレニアム』に占める女性の比重は大きい。年齢、職業、性格はいろいろだが、どの女性も作者に似て頑固で、いったん始めたことをあくまでやり抜こうとする。やられたらやり返すところも作者ゆずりだ。男がふるう暴力にいかなる根拠も認めないスティーグの考え方は、リスベットのせりふに表われている。マルティン・ヴァンゲルが父親から性的虐待を受けたのは確かだが、

〝「マルティンだって抵抗しようと思えばできたはずよ。でも自分でこの道を選んだ。殺人も強姦も、好きだからやったんでしょ」〟。そして彼女はこう付け加える。〝「ろくでなしの最低野郎でもこんなふうに必ず情状酌量されるのが嘆かわしい」〟

『ミレニアム』の成立には、女性が被害者となった三つの殺人事件が大きくかかわっている。そのうちのふたつは二〇〇三年に起きたメリッサ・ノーデルとファディーメ・サヒンダルの事件で、スティーグはこれをきっかけに『エクスポ』のセシリア・エングルンド編による論文集『名誉殺人を考える――フェミニズムか人種差別か』に参加した。インガロー島のビョルクヴィークの桟橋に近い水の中で発見されたメリッサ・ノーデルは、嫉妬した恋人に殺された。ファディーメ・サヒンダルは、親の決めた結婚に従おうとしなかったという理由で、父親に頭を撃たれて死んだ。メリッサの事件はスウェーデンではありふれた殺人と受け取られた。そしてファディーメのケースは、特定の民族による事件、名誉殺人、スウェーデン文化とは無関係の三面記事的な出来事とみなされた。これに対してスティーグは、どちらの女性も家父長的抑圧の犠牲になったのだとして、二人を〝死で結ばれた姉妹〟と呼んだ。文化の違いというとらえ方は、人種主義者に発言の機会を与え、捜査の見通しを不透明にするだけだ。そんな議論をしているうちにまた別の女性が男の暴力で命を落としてしまう、というのが彼の主張だった。

この論文集の中で彼はこう書いている。〝ふたつの事件を説明するために用いられている人類学的・文化的モデルは、抑圧の形をわからせてはくれるが、抑圧の理由を解明してはくれない。たとえば、女性がインドでは火刑に処され、シチリアでは名誉を守るため殺され、スウェーデンでは毎週土曜日の晩に暴力を受けるという説明がなされる。しかし、なぜ世界中で女性が殺され、体の一部を切断され、陰核を切除され、虐待され、男が押しつけるしきたりに力ずくで屈伏させられるのか、なぜ現代の家父長的社会で男性が女性を抑圧するのかは、いっこうに明らかにならないのだ。

女性に対するこうした暴力は計画的なものである。かりにこのような暴力が組合活動家やユダヤ人や障害者に対してふるわれたら、計画的暴力と名づけるほかないのだから〟。幸いスティーグの見解は、論文集に参加した女性六人を含む八人の執筆者に支持された。

『ミレニアム』成立にかかわりのある第三の事件は、ばらばらに切断された状態で発見されたカトリン・ダ・コスタのケースである。スティーグはこの事件を扱った本を熱心に読んだ。著者のハンナ・オールソンは最近私に連絡をくれて、名誉殺人についてスティーグが書いた文章を読み、いっしょに仕事してみたかったと言っていた。『ミレニアム』に出てくる暴力行為はすべて、現実に起きた事件や、警察の資料に記されている事件を素材にしている。ひとたび刑罰が確定すると警察資料は公《おおやけ》の文献となり、閲覧できるようになるのだ。

フェミニスト色の濃いミステリの登場人物になってもらうことは、彼が女性に対してなし得た最高の賛辞ではないだろうか？　そして彼は自分の女性観そのままに、自由で勇敢で、被害者の運命を拒みつつ世界を変えようとする強い存在として女性を描いた。女性へのそうした思いに加えてスティーグが作品に取り入れたのが、聖書からの豊富な引用である。

聖書のある環境

厳しい倫理観と聖書からの引用に彩られた『ミレニアム』独特の雰囲気は、ヴェステルボッテン県で幼少期の私たちが浸っていた雰囲気でもある。それは古典的ミステリの世界とは異なるが、人里離れたスウェーデン北部[原注]のこの地方出身であるペール・オーロフ・エンクヴィストやトーグニー・リンドグレーンといった大作家の作品にすでに見られるものだ。

原注　スウェーデンの大半が十六世紀以降ルター派教会の影響下に入ったのに対して、きわめて厳格な反主流派プロテスタント勢力は十九世紀に北部で発展し、なかでも急進的な牧師ラーシュ・レーヴィ・レスタディウスをリーダーとする〈宗教の目覚め教会〉は信者数が多かった。こうした宗教運動は労働者と農民をアルコール依存から救うことを自らの使命と考えていた。また、音楽会やダンスパーティーの開催を認めず、女性の化粧も禁止した。産業社会の時代に入り都市化が進むにつれて反主流派プロテスタント運動は衰退し、二十世紀半ばにはほとんど姿を消した。

子ども時代の私は、プロテスタントとしては反主流派のスウェーデン福音伝道団に属する、保守的な農民の世界で暮らした。スティーグが身を置いていたのは、社会民主主義や共産主義を信奉する労働者の世界だった。しかし、頑固で誠実、正直で倫理観が強い点では、双方の人々はよく似ていた。

一八五六年に創設されたスウェーデン福音伝道団は、ルター派教会の信仰を再生するための団体だった。創設にかかわった説教師で著述家でもあるカール・オーロフ・ロセニウスは、私の父方の祖母が生まれ育ったヴェステルボッテン県のオーネーセット出身である。この団体の主張に、キリスト教徒は仲介者を頼ることなく直接神と関係を持つべきであり、あらゆる責任を自分で引き受けつつ行動しなくてはならない、というものがあった。そうした姿勢がまず日常生活に求められた。教育の基本的な柱のひとつが自分で聖書を読むことで、それはこの団体において重要な習慣とされていた。したがって聖書の普及にことのほか力を注いだ。一八六八年には、この任務を負っていた行商人が自ら民衆に福音を説くことが認められた。私たちが育った地方では彼らの影響が今日《こんにち》まで続き、信仰の深さで知られるアメリカの聖書地帯にならって、スウェーデンの聖書地帯と呼ばれることもある。福音伝道団は、アフリカやアジアに赴く宣教師や説教師を支援するため募金を行なっていた。それで私は子どものころから、アフリカやアジアを幸福にする責任が自分たちにあるように感じていた。

どの町にも小さな教会があって、人々の集いの場になっていた。しかし町から離れて暮らす農民は、定期的に足を運ぶことができなかった。それで、互いに近い距離に住む牧師と説教師が農民のところへ行った。家に一冊しか本がないとすれば、それは聖書だった。共産主義者だったスティーグの祖父母でさえ聖書は持っていたと私は思う。一九九六年まですべてのスウェーデン人は生まれた瞬間にルター派信徒になったのだから、スティーグの祖父母も子ども時代は聖書に親しんだにちがいない。政教分離が定められたのは二〇〇〇年になってからなのだ。スウェーデン北部では耕作や森林開発、工場での労働がきわめて過酷だったので、家族が病気や死に見舞われたときだけでなく、厳しい日々を生きるための心の支えとして聖書が欠かせなかった。スティーグと私が親しんだのは、右の頬を打たれたら左の頬を差し出せといったイエスや新約聖書ばかりではなかった。私たちの故郷で長年営まれてきた生活に似た、洗練されていなくて荒々しい旧約聖書にも親しんだのだ。有力者も裁判官も地元に定住する牧師もいない社会では他人を頼ることができず、人々はともに生きるために自ら規則を作らなければならなかった。祖父母に育てられ、昔の価値観を受け継いだという点でもスティーグと私は共通している。私たちのうちにはおそらく、同世代の多くの人々よりはるかに強い道徳意識が育《はぐく》まれたと思う。してもかまわないこととしてはいけないことの区別を厳格に教えられたのだ。

私たちはどちらもキリスト教信者ではないが、旅先ではきまって教会と墓地を訪れた。いまも私は教会めぐりが好きで、見つけると必ず立ち寄り、死者を追悼してろうそくに火をつける。

ストックホルムのマンションでは各自一冊ずつ聖書を持っていて、それがコーランのように、たくさんの本のあいだにはさまっていた。『ミレニアム』第一部で若い女性の殺害事件を語るのにスティーグが聖書を使ったのはごく自然なことだった。より正確に言えば、彼はまず実際に起きた事件からヒントを得て、そのあとで、謎の材料となるような箇所を求めて聖書を手に取ったのである。

目には目を

スティーグは誠実で温かく、どこまでも善良な、心の広い人だった。しかしその正反対になることもあった。誰かが自分を、または自分にとって大切な人間を手ひどく扱ったときは〝目には目を、歯には歯を〟という態度で臨んだ。受けた仕打ちをけっして許さないことを、彼ははっきりと主張している。〝復讐や友人の仇討ちは権利であるばかりでなく、無条件の義務でもある〟、と。ときには何年も待つことがあったにせよ、スティーグはつねに復讐を果たした。

『ミレニアム』第一部では、ミカエル・ブルムクヴィストに対するヘンリック・ヴァンゲルの忠告の中にスティーグの考えが要約されている。〝「相手が意気軒昂《けんこう》なときには無視すること。だが、しっかり覚えておいて、チャンスが訪れたときに仕返しするんだ。向こうが優位にあるいまは、まだその時機ではない」〟。第三部『眠れる女と狂卓の騎士』ではミカエルが、リスベットを治療している医師アンデルス・ヨナソンに、たとえ違法でも彼女を助けるべきだと言う。〝「道義的に見れば立派な行動です」〟というのがその理由だ。信念にしたがって行動するこの態度を理想的に体現しているのが、スティーグにとってのリスベットである。彼女は聖書の大天使のように、『ミレニアム』第四部に付された仮題である『神の復讐』を実行する存在なのだ。

ウメオで過ごした十代の少年時代、スティーグはあちこちでよく喧嘩《けんか》した。ある日、喧嘩相手に前歯を一本折られて、なくなった部分を金の義歯にするほかなくなった。それからかなり歳月を置いたある夜、彼はひそかに相手の少年を待ち伏せして不意打ちをくらわせた。そのころはもう、相手はスティーグにもほかの誰かにも暴力をふるっていなかった。このように、復讐には時間と冷静さが必要なのである。

モラルと行動との緊張関係は『ミレニアム』の物語の推進力になっている。世の中には世界と隣人のために尽くす者もいれば害を与える者もいる。そして誰でも自分自身のモラルにしたがって行動している。個人の責任が繰り返し問われるのはそのためだ。

スティーグは『ミレニアム』を書くことによって、自分が嫌う卑劣で無責任で不道徳で日和見《ひよりみ》主義の人々を告発した。言い換えれば、彼自身が〝凪《な》いだ海専門の船乗り〟あるいは〝風が穏やかなときだけ舵を取るヨット乗り〟と呼ぶ活動家や、出世のために彼を利用した不実な友人たちや、途方もない額の特別手当や配当を臆面もなく得ている企業家や株主などを、『ミレニアム』

執筆によってやり玉に挙げることができたのだ。その意味で『ミレニアム』はスティーグを癒《いや》してくれる作品だった。

住所をめぐって

『火と戯れる女』には、エリカ・ベルジェの夫で、芸術家であるとともに美術史の著作もあるグレーゲル・ベックマンの活動が描かれている。〝ここ一年は（中略）建物によって人の満足度が異なる理由などを論じる本を執筆していて、その内容はだんだんと機能主義批判の様相を呈してきた〟。これはペール＝オーロフ・ハルマンを論じた私の本の記述をほぼそのまま再現したものだ。一九四一年に亡くなったこの建築家がストックホルムに建設した住宅地区は、岩肌と豊かな緑と海に面した個性的な家々を持つこの街の特徴を生かしたものだった。彼がとくに力を入れたのは、たとえば緑地帯や子ども用の遊び場、そして芸術作品を取り入れた居住形態である。ハルマンにとって建築と都市計画の目的は住民に落ち着きと生きる喜びを与えることにあった。そうした意味で彼は、生活の場というものが、住む人間に力を与えることもあれば逆に衰弱させることもあると考えていた。

私は一九九七年にこのハルマン論を書きはじめたが、スウェーデン政府に採用されて低コストによる住宅建設の研究に参加したため、執筆を中断せざるを得なかった。二〇〇二年になって短時間だけのコンサルタントという身分にしてもらい、自分の本に本格的に取り組むことにした。そして多くの時間を図書館や古文書館や、古い本を専門に扱う書店で過ごし、研究を進めた。スティーグは夜帰ってくると、廊下に鞄《かばん》を投げ出し、きまってこう言った。「誰かいる？」それから、私が座って仕事しているソファーにまっすぐ歩いてきて、いつもの質問をした。「今日は新しい発見があった？　コーヒーはあるかな？」彼は私の隣に座り、次々に質問をし、私の答えに耳を傾けた。彼には私の原稿を読む時間がないので、書きすすめた内容を話して聞かせるのが習慣になっていた。毎週土曜日には、原稿で扱っていた〝ハルマン地区〟の長距離散歩に彼を連れ出した。私の仕事の一端を知ると同時に『ミレニアム』も進ませようとして、彼は私が解説した場所を作品に使わせてほしいと頼んだ。登場人物の住所を、その個性にしたがって決めようというのである。こうしてダグ・スヴェンソンとミア・ベルイマンにはエンシェーデのビョルネボリ通り八番地Bが、クリステル・マルムにはヘルガルンデンのアルヘルゴナ通りが割り当てられた。主人公リスベット・サランデルは、物語の開始時にはルンダ通りに住んでいることになった。

スティーグはミカエル・ブルムクヴィストの住まいを、ハルマン地区ではなくストックホルムの旧市街にしようと考えていた。ふさわしい場所を求めて、私たちは何度も旧市街に足を運んだ。ベルマン通りには、四番地から六番地を占めるラウリン館をはじめ、いくつも候補が見つかった。リッダー湾を見渡すことのできる一八九一年に建てられたこの煉瓦《れんが》造りの建物には、これまで多くの芸術家が暮らしてきた。しかしジャーナリストというミカエルの職業で家賃を払うのは難しい、ぜいたくすぎる物件だった。次いで、海の一部が視界に入る理想的と思える建物が見つかって、私たちはしばらくその前に立ち止まった。問題は、『ミレニアム』のストーリー展開に予定されている三つ巴《どもえ》の尾行合戦に必要な複数の通りが、その建物のまわりにないことだった。スティーグはがっかりした。「大丈夫よ」と私は言った。そしてある方向を指さし、あそこに架空の建物を作って現実には存在しない番地を付けたらどうかと提案した。そうすれば場所と物語がうまく一致するはずだ。彼の顔はぱっと明るくなった。「そうだね。そうしよう!」理由はよくわからないが、出版された作品にはこの番地は使われていない。急死したスティーグが校正刷りをチェックできたのは第一部だけだったのだ。ミカエルの自宅前で尾行が繰り広げられるのは第三部である。

『ドラゴン・タトゥーの女』の初めのほうに、ミカエル・ブルムクヴィストが自分自身でアパートのリフォームを手がけ、壁の傷みの目立つところをエマニュエル・ベルンストーンの水彩画で隠したという記述がある。ベルンストーンは私の大好きな画家で、彼がまだ無名だったころ、祖母の遺産を資金にして一枚買ったことがある。二枚目を買えたのは、奇《く》しくも母の遺産のおかげだった。二枚の水彩画はいまも私たちの家を飾っている。

著書のために、私は当時九十六歳を迎えていたハルマンの娘さんに長いインタビューをした。彼女の話によると、ハルマンは画家のアンデルス・ソーン、作家のアルベルト・エングストレムといっしょによく航海を楽しんだという。三人とも酒豪でビールをたくさん飲むので、スカルプ島にあるハルマンの別荘前の桟橋はビール瓶で埋まり、蒸気船から降りる乗客が苦労したそうだ。『ミレニアム』第一部では、ソーンとエングストレムがフレドリック・ヴァンゲル夫妻と酒席をともにした設定になっている。

スティーグは私のハルマン論にひどく感心して、自信たっぷりに何度も言った。「そのうちきっと、この本はきみの人生を変えるよ」。運命のいたずらと言うべきか、私の人生を一変させたのはこの本ではなくて『ミレニアム』だった。

第二部前半でグレナダから戻ったリスベット・サランデルは住まいを探すが、ありあまるほど金があるのに、簡単には見つからない。あのマンションが見つかるまでに時間がかかったのはスティーグも同じだった。実を言うと、集めた情報によってあの建物に目をつけたのは私なのだ。スカンスカで働いていたので、この企業にかかわる事柄なら何によらず関心があった。建築業界における活動の情報や、上層部の役職を歴任してきたために蓄積された高額の年金がメディアに暴露された、取締役会会長のパーシー・バーネヴィークについての情報を収集した。私は一市民であると同時にこの会社の従業員でもあったので、二重の意味で当事者意識を抱いた。バーネヴィークがフィスカル通りのマンションを売ると新聞はマンションの見取り図付きで報じ、その記事を私が取っておいたというわけだ。こうしてリスベットはモーセバッケ広場に近いフィスカル通りに居を構えることになった。

私の集めた情報は、第一部のアーホルマの港におけるミカエル・ブルムクヴィストとロベルト・リンドベリの会話にも生かされている。スカンスカ・グループの投機の問題、そしてABBの退職金の問題だ。このときの会話がきっかけでミカエルはヴェンネルストレムの調査に着手し、名誉棄損で有罪になる。

『ミレニアム』に引用されている喫茶店はみな、私たちにとってなじみ深い店だ。第一部の初め、ミカエルが自分の判決のニュースをラジオで耳にするクングスホルメンの〈カフェ・アンナ〉では、退社後にスティーグとよく待ち合わせた。ホルン通りの〈カフェ・ギッフィ〉と〈カフェ・ジャヴァ〉は、ホルン通りの丘で画廊めぐりをしたあとのちょうどいい休憩場所だった。リスベットを殺そうとした男が病院で射殺されたことをミカエルがラジオで知る〈カフェ・コーヒーバー〉は、『エクスポ』の会合場所になっていた。同じ建物の上の階に編集部があったからだ。この店のサンドイッチには私たちの故郷ヴェステルボッテンで製造されたチーズが使われていて、二人ともそればかり食べていた。フェミニズムや政治の専門書、そして昔の本の品ぞろえが豊富な行きつけの書店を見てから、この店でカフェオレといっしょにサンドイッチを食べるのは最高だった。リスベット・サランデルがロックグループのイーヴィル・フィンガーズの仲間と落ち合うレストラン〈風車《クヴァーネン》〉は、おいしいミートボールが食べられる陽気で騒がしい店だ。この料理は一時メニューから姿を消したが、常連客の激しい抗議に店主が屈し、ふたたび出されるようになった。

『ミレニアム』に登場する数々の場所の中で、ミカエル・ブルムクヴィストが〝読み、書き、くつろぐ〟ために出かけるサンドハムンの小さな別荘は、私にとってとくに感慨深い。私たちは夏のあいだ、群島地帯にこれと似た木造の別荘を借りて滞在した。いつか自分たちの別荘を持ちたい、というのが私たちの夢だった。この建物はリスベットが見たサンドハムンの別荘そっくりになるはずだった。建築面積が三十平方メートルで、海に面した大きな窓と二人が同時に仕事できるほど広いテーブルが置かれ、船室の中にいるような気持ちがする建物だ。

登場人物

『ミレニアム』には実在の人物の名前が出てくるが、それは彼らに対するスティーグの敬意の表われである。また、知っている人をモデルにした人物もいる。さらに、まったくの虚構にもかかわらず、覚えがあると受け取られたり、自分がモデルだと思い込まれたりする登場人物も存在する。たとえば私はある美容整形外科医から、『火と戯れる女』でリスベット・サランデルの豊胸手術を担当する医師のモデルは間違いなく自分だ、という内容の手紙を受け取った。

ミカエル・ブルムクヴィストはスティーグ・ラーソンではない。確かにスティーグはミカエルのようにコーヒーを飲み、煙草《たばこ》を吸い、猛烈に仕事をするが、共通点はせいぜいそこまでだ。とはいえミカエルは、スティーグがそうありたいと願うオールラウンドのジャーナリストであり、作者の意見と政治的立場の大部分を受け継ぎ、作者と同様けっして買収されずに正義を貫く。

リスベット・サランデルはスティーグの女性版の分身だろうか？　この二人は少なくとも食生活に関しては、冷凍ピザとサンドイッチを好むというあまり感心しない習慣を共有している。天才的ハッカーでコンピュータと身元調査が得意なリスベットには、球面天文学の論文のような難解な文章さえ瞬時に覚えることのできる映像記憶能力がある。スティーグの記憶力のよさについてはすでに話したが、彼はまたアカデミズムにとらわれない教養の持ち主であり、いろいろな分野の本を読まずにはいられない人だった。たとえば、リスベットが所属するハッカーたちの世界の材料のいくつかは、ブルース・スターリングの『ハッカーを追え！』（アスキー刊）から取られている。私たちの家にはまた、リスベットの兄貴分と言ってもいい抜群の能力をそなえた『スパイダーマン』や『スーパーマン』といったスーパーヒーローのコミックがたくさんあった。秘密を固く守り、慎重に行動するリスベットの姿勢はスティーグにも見られるが、それは職業から身を守る必要のある『サーチライト』や『エクスポ』のメンバー全員に共通していた。

『火と戯れる女』で、リスベットはかつての後見人ホルゲル・パルムグレンを見舞いに病院を訪れる。そして二人のあいだでかなり複雑なチェスの勝負が展開されるが、これはエマーヌエール

・ラスカーの歴史的勝負を模したものである。スティーグと私の弟ビョルンとは、一九七〇年代に出会って以来、チェスを楽しむ仲だった。ビョルンはチェスの本をたくさん持っていて、その大部分が、ドイツの数学者でチェスの名手ラスカーの勝負を記録した本だった。たいていの場合スティーグが負けるのだが、すぐに降参するタイプではないので、リターンマッチを挑むことが多かった。一九七七年にアフリカへ出発するとき彼が非公式の遺言を書いたことはのちに触れるが、そこには、もし自分が帰国しなかったらSFの蔵書すべてを私の弟に譲るという文面があった。

リスベット・サランデルのモデルに心当たりがあると考える人は多い。一時『エクスポ』にいたジャーナリストだという説もある。スティーグの弟ヨアキムによれば、スティーグとメールのやりとりをしていたらしい自分の娘のテレースがモデルだという。ただしヨアキムはインタビューで、スティーグとかわしたメールはなぜか娘のパソコンのハードディスクから消えてしまったと説明している。

リスベットというキャラクターの誕生に影響を与えたものが本当にあるとすれば、それは、スウェーデン作家アストリッド・リンドグレーンが生み出した国民的主人公〝長くつ下のピッピ〟だろう。この驚くべき少女は、男女平等の実現のためにたくさんのことをやってのけた。誰の世話にもならず、拳銃を使いこなし、世界中の海を航海した。馬を持ち上げ、世界一強い男〝大力《だいりき》アドルフ〟を打ち負かした。しかし何より注目したいのは、ピッピが自分自身で善悪を判断し、法律や大人の言葉にとらわれず、自分の原則にしたがって行動する点だ。いろいろな冒険をしたあとで彼女は決意する。〝大きくなったら海賊になろう〟。一九九〇年代末のある晩、スティーグはスウェーデン通信の記者たちとともに、スウェーデンの少年少女のアイドルである〝長くつ下のピッピ〟が成人に達したらどんなふうになっているだろうという話に興じた。いまその話をするなら、リスベット・サランデルは最有力候補ではないだろうか。そしてアストリッド・リンドグレーンの名探偵三部作の主人公カッレ・ブルムクヴィストが成長したら、ミカエル・ブルムクヴィストのようになるかもしれない。『ミレニアム』読者のみなさんはどうお考えになるだろうか。ところで、スウェーデンにはリスベット・サランデルという名前の女性が一人だけ存在する。彼女はいま六十歳で、人里離れた村に住んでいる。私宛ての手紙によると、取材の電話でスティーグ・ラーソンを知っていますかと訊かれることにいいかげんうんざりしているそうだ。手紙の最後に、彼女はこう書いてくれた。〝こちらへ来ていただけるなら、コーヒーを飲みながら話したり笑ったりしましょう！〟

スティーグは弱い性というお決まりの女性像を打ち破った歴史上の女性に興味を抱き、第三部『眠れる女と狂卓の騎士』の冒頭で彼女たちを紹介している。南北戦争中に男装して戦った女性兵士やアマゾネス、そして、ブリタニアでローマ帝国軍に対する反乱を率いたイケニ族の女王ブーディカのように、民衆を引きつれて戦争を指揮した女たちが、過去の歴史には存在した。私たちはたびたびロンドン旅行をし、妹のブリットがこの街に住んでいた八年間にはとくに足を運んだのだが、一度私はスティーグに連れられてウエストミンスター橋を訪れ、ブーディカの彫像を見たことがある。

『ミレニアム』編集長のエリカ・ベルジェは完全に創作された登場人物だ。女性を編集長に設定したのは文学的技巧でも偶然でもない。むしろ、彼女がこのポストを占めていないほうが不自然だと思う。エリカは有能で、スタッフにも雑誌の経営状態にも責任を持つ。夫と愛人のいるユニークな私生活を送り、自分の欲望に忠実なので、ときおり問題にぶつかる。

アニタ・ヴァンゲルという登場人物を肉付けするうえでヒントになったのは私の妹のブリットだった。彼女はスウェーデンからロンドン南部のギルフォードに移住したのだが、スティーグは第一部執筆中、彼女に「きみがアニタだったら、やはりギルフォードに住みたいと思うか」と尋ねた。彼女は、それよりもロンドンの北にあるセント・オーバンズという「こぎれいな町の小さなテラスハウス」がいいと答えた。ロンドンにいた八年間、ブリットはアニタ・ヴァンゲルと同じように、ガスストーブに改造した暖炉のある住まいで暮らしていた。スティーグと私にとってこの暖房装置はおなじみだった。妹の家に着くと、私たちはすぐガスストーブを点火して、室温が摂氏十五度に上がっていくのを見守ったものだ。ブリットもしまいにはこの温度に慣れてしまった。医学を研究していたブリットは『ネイチャー』や『ニューイングランド・ジャーナル・オブ・メディシン』といった専門家向けの科学雑誌を読んでいたが、『ミレニアム』第三部のマルティナ・カールグレンやフランク・エリスなどはそうした雑誌に依拠した登場人物である。ブリットは印象に残った記事の話をよくしてくれたので、スティーグもこれら二誌に詳しくなった。

登場人物に実在の人の名前、職業、ときには性格が与えられている場合、それはスティーグがその人に愛情と感嘆の念を抱いていたことを意味する。私たちはボクサーのパオロ・ロベルトと個人的な知り合いではなかったが、スウェーデンでは彼はスターである。一九八〇年代には非行少年だった彼はプロのボクサーとして成功し、一九八七年にはスタファン・ヒルデブランド監督の『ストックホルムの夜』で主役を演じて映画スターとなった。現在はテレビの料理番組に出演し、トマトソースのかきまぜ方を間違えてイタリア人の叔母にスプーンを取り上げられたりしている。彼の率直な話し方、そして何が飛び出すかわからない面白さを、スティーグは高く買っていた。実際パオロは、亭主関白そのものの態度をとっていたかと思うと、その直後に男女同権を熱っぽく主張したりするのだ。二〇〇二年の国政選挙では惜しくも二位に終わって議会に席を占めることはできなかったが、『ミレニアム』には立派な席が用意された。

第三部でペーテル・テレボリアンの診断に対する反証を提出する精神科医スヴァンテ・ブランデンは、私たちの古い友人のひとりだ。スティーグが郵便局に仕事を見つけて私と暮らすようになる前の一九七七年、ストックホルムに出てきた私に学生用の部屋をまた貸ししてくれたのが彼だった。私たちと同様、彼もあらゆる虐待と差別に反対していた。精神科医らしく人間の真の動機を見抜くのが得意で、相手が巧みに言いわけをしてもけっしてだまされなかった。『ミレニアム』に登場させることで、スティーグは彼への敬意を示そうとしたのだ。スティーグの死後、私が彼の精神的、知的、物質的遺産を相続することを彼の父親と弟が妨げたいきさつについてはあとで述べるが、彼らのそうした態度が明らかになってからは、『ミレニアム』に名前があることをスヴァンテは名誉と思えなくなってしまった。彼はエルランド・ラーソンとヨアキム・ラーソンにこう書いている。

法精神医学の専門家として、私は自分の名前が正義および倫理と一体であることを望みます。スティーグが著書に私の名前を記してくれたことは光栄でした。しかし彼が死んだあと彼の作品から利益を得ているのはヨアキム、あなたであり、あなたは私の許可を得ずに私の名前を使っているのです。スティーグとエヴァについてあなたがメディアに語った言葉は、確かに法に触れるものではないが、他人の不幸から甘い汁を吸う悪徳業者のような言い分です。それゆえ私は、スティーグの本からただちに私の名前を削除すること、そして私の名前と身分の無断使用に対する損害賠償をすることを要求します。

私の名前を著書に入れることがスティーグの意志だった点を考慮して、要求額はささやかなものにとどめます。すなわち、一括補償で三十二クローネとします。さらに、あなたがエヴァとの和解を成立させるまで、年に一クローネ（十セントユーロ）を要求します。したがって現在までの要求額は合わせて三十六クローネです。ハンデルス銀行の私の口座に振り込んでくださるようお願いします。

しかしラーソン親子はスヴァンテに返事を書かなかった。代わりに『ウップドラーグ・グランスクニング（「任務・調査」の意）』というドキュメンタリー番組宛てにメッセージを送り、番組の制作部がそれを自らのサイトで公開した。これを受けてスヴァンテもまた自分の手紙の公開を承諾したため、スウェーデン公営テレビのサイトに彼の手紙が紹介された。

アンデルス・ヤコブソンは、第三部冒頭で、イェーテボリのサールグレンスカ病院の救急病棟に搬送されてきたリスベット・サランデルを治療する医師である。彼はリスベットの頭に撃ち込まれた弾丸を摘出して彼女の命を救う。何十ページにもわたって描かれる入院期間を通じて、アンデルスは彼女に声をかけ、彼女の言うことを聞き、パーム社のタングステンT3をこっそり病室に持ち込んでやったりする。現実のアンデルスは一九七〇年代、つまりスティーグがウメオに住んでいたころからの友人だ。スティーグの急死から数カ月経つと、彼の父親と弟は私をスティーグの正当な未亡人と認めないという態度に変わりはじめたが、そういう時期にあたる二〇〇五年の復活祭のころ、ウメオのスーパーマーケットで偶然エルランドと会ったアンデルスは自分の考えを包み隠さず彼に伝えたという。この出来事のあと、ラーソン親子は『ミレニアム』出版元のノーシュテッツに、アンデルス・ヤコブソンという登場人物名を変えるよう要求した。『眠れる女と狂卓の騎士』の医師の名はこうしてアンデルス・ヨナソンとなった。二〇〇八年の春に放送された『ミレニアムがもたらした莫大な遺産』というドキュメンタリー番組で、ノーシュテッツとラーソン親子がこれを事実と認めている。このドキュメンタリーは調査報道の手法に基づくしっかりした番組だった。番組にかかわった記者のひとりにアンデルス・ヤコブソンが送った手紙が、スウェーデン公営テレビのサイトに公開されている。

親愛なるフレドリック・クヴィストベリ
ノーシュテッツは、スティーグ・ラーソンの原稿が印刷前に改変されたことを認めました。
虚構の人物と実在の人物を共存させることは、スティーグ・ラーソンの小説世界の重要な特徴です。ところが、エルランド・ラーソンはヨアキム・ラーソンはノーシュテッツの力を借りてスティーグ・ラーソンの原稿に手を加え、第三部に登場する何人かの人物の名前を変えてしまいました。

これはスティーグ・ラーソンの作品と彼の意図に対する重大な侵害です。（中略）その動機は、番組におけるエルランド・ラーソンの発言にはっきり表われているように思います。

「そう呼びたければ卑劣とも執念深いとも呼んでくれてかまいません。とにかく私たちはそう決めたのです」

三十年以上にわたって、スティーグ・ラーソンは伴侶であるエヴァ・ガブリエルソンと夫婦同様の生活を送りました。しかし現在はエルランド・ラーソンとヨアキム・ラーソンが、スティーグの遺産のみならず彼の作品の著作者人格権まで奪っています。法律が道義に反した行為に利用されているのです。スティーグ・ラーソンの友人だった者の目から見れば、これはまぎれもなく不道徳な行為です。そう指摘する私に対してエルランド・ラーソンは憤慨しましたが、それはこの問題が彼にとってデリケートなものだからにほかなりません。おそらくエルランド・ラーソンは、スティーグの遺産をエヴァ・ガブリエルソンから奪うことが道徳的に望ましくないことはわかっているのでしょう。（中略）私はウメオの高校に通っていたころスティーグと知り合いました。私たちは三十年以上、たいへん親しいつきあいをしてきました。そのうえで確信を持って言うのですが、自分の本に手を加えられたり、自分の遺産がパートナーから取り上げられたりするのをスティーグが許すはずはないのです。もし彼が生きていたら、問題を解決するためにどんなことでもするでしょう。そしていささかも妥協しないでしょう。

敬具

アンデルス・ヤコブソン

『ミレニアム』で引き合いに出されている人物で、スティーグと私にとって大切な存在である女性に、ジョイ・ラーマンを救った小学校教師がいる。『火と戯れる女』でミカエルとヤン・ブブランスキー警部補は、ダグ・スヴェンソンとミア・ベルイマンの殺害事件にリスベットがかかわったのかどうかについて激しく議論する。このときミカエルは、スウェーデンでよく知られているジョイ・ラーマンの誤審の話をする。老婦人を殺した容疑で有罪判決を受け、刑務所に入れられたこの男を救ったのは、彼の子どもたちが通う小学校の女性教師だった。彼女は何年にもわたって粘り強い調査を続けた。スティーグと私はこの女性と知り合いで、その怒りと闘いぶりを見守っていた。彼女からスウェーデンの裁判の欠陥を聞いて驚き、どんなことがあってもあきらめない彼女の姿勢に感心するばかりだった。その努力が実って新たな分析が行なわれることになり、弁護士、精神科医、刑務所付きの牧師、ジャーナリストの協力を得て、再審に必要な証拠が集められた。その結果ラーマンは八年にわたる獄中生活のあと、無罪判決を勝ちとって自由の身となった。再審をめざして尽力した人々に、二〇〇三年、デモクラシー賞（左翼系の団体〈オードフロント〉が主催する賞）が授与された。この小学校教師はまさしく『ミレニアム』に場を占めるにふさわしい女性である。

グレナダ

『火と戯れる女』の前半百ページほどはグレナダが舞台で、リスベットはここに長い滞在をする。どうしてグレナダなのか？　それは、ここが私たちの島だからだ。少し詳しく説明しよう。

一九八〇年代初め、私たちは第四インターナショナルの機関誌の英語版で、グレナダの人々を扱った記事に偶然目をとめた。その記事には人々が独裁者エリック・ゲイリーをどうやって追放したかが紹介され、またUFOの存在を固く信じるゲイリーが演説でたびたびUFOを引き合いに出し、国の国際的信用をおとしめたことが、からかうような調子で書かれていた。世界の果てに位置するこの国は、私たちにはとても魅力的に見えた。人道的な歩みをユーモアまじりに遂げている国など、そうあるものではない。政治的には、社会民主主義とトロツキズムを基礎とする民主主義が融合しているようだった。私たちは一九八一年の夏、休火山がそびえ、道路の両側に密林が生い茂るこの島を訪れた。ルクセンブルクを発《た》ったあと、リスベットと同じようにまずバルバドスへ入り、そこから小型飛行機に乗った。長髪を縮らせた陽気なラスタファリアンのパイロットは、海と山にはさまれた幅の狭い滑走路に巧みに飛行機を着陸させた。グレナダでは船着き場の見えるシースケープ・ホテルに部屋を取り、砂が粉のように細かいグランド・アンス海岸に沿って散歩したり、海にもぐって色鮮やかな魚たちといっしょに泳いだりした。しかし目的は休暇ではなかった。この島の現状を書きたいと思っていた私たちは、さっそく政治家たちに会見を申し込んだ。観光省では、風景や昔ながらの民家と調和した小型ホテルを整備し、地元の食材を使った料理を提供するエコツーリズムを計画しているところだった。商店主たちが品物の価格を法外に値上げしたがっているという話はとくに印象的だった。カリブ海の国々の常として、グレナダが車の交換用部品からトイレットペーパーに至るまでほとんどすべての製品を輸入に頼っている以上、商店主たちの要望はもっともだと思えた。そこで私たちは、それぞれの商品に高い価格と低い価格の両方を設定するという案を考え出した。旅行者と裕福な住民は、自分の懐《ふところ》具合と地元の人々を思う気持ちにしたがって、自発的に高い価格で買い物するのだ。現実離れしたアイデアだが、グレナダの経済問題を考える材料にはなるだろう。

何年でも暮らしていたい場所だったが、帰国しないわけにはいかなかった。スウェーデンに戻ると、私たちは〈グレナダ支援委員会〉と連絡を取った。そしてスウェーデン駐在のグレナダ領事エレノア・レイピアと親友になった。私たちの同国人には立派な理論にしばられて身動きがとれなくなる者がいるが、グレナダ人はそれとは対照的にお祭り気分といえるほど陽気で、彼らといっしょに過ごすひとときは本当に楽しかった。私たちは雑誌を創刊するとともに、グレナダ島に協同組合を作る資金を、戸別訪問による募金ではなく、カリブ海の料理をふるまう有料のダンスパーティーを開催して集めた。いま思い出しても底抜けに明るい政治活動だった。

一九八三年の秋、アメリカがグレナダに侵攻した。私は生活費の足しにするためスティーグといっしょにスウェーデン通信で働いていたので、この出来事を外電ですぐに知った。そして、一九六八年にソ連がチェコスロバキアに侵攻したとき、ジャーナリストだった私の父親がチェコスロバキアのホテルに次々と電話したことを思い出した。こうして証言を集めたおかげで、父の所属する地方紙は現地報告を掲載したスウェーデンでただひとつの新聞となったのだった。スティーグと私はエレノアから電話帳を借りて、同じことを試みた。その結果スウェーデン通信は、侵攻直後にインタビューを実現した国内唯一のメディアとなった。一万人以上のアメリカ兵がグレナダ島に上陸したと知って、私は泣きだしてしまった。スウェーデンでは戦争のない状態が二百年も続いていたので、私は単純にも、十一万人の住民が皆殺しにされてしまうと思い込んだのだ。

ニュー・ジュエル運動（人民会議運動〔ＭＡＰ〕と福利・教育および自由のための共同努力〔ＪＥＷＥＬ〕が一九七三年に合併して生まれた組織）のカリスマ的指導者モーリス・ビショップの勢力の消長が述べられた第二部のくだりは、私たちのグレナダ滞在とその後の情報収集の成果にほかならない。スティーグはグレナダを語りながら、私たちに豊かな経験をもたらしてくれた人々、ともに幸せな時間を過ごした人々を称《たた》えているのだと思う。

航海

『ミレニアム』では、ミカエル・ブルムクヴィストがヨットに乗り込んだところから物語が動きだす。二千キロメートルの海岸線と無数の島々を持つ国に暮らしていれば、いやでも海とつきあわなければならない。

ストックホルム群島は国内最大の群島で、スティーグと私は毎年、二万四千の島々のひとつをヨットで探検しに出かけた。ヨットを気取り屋のスポーツとみなす北の地方で育った私たちは、手漕《こ》ぎボートにしか慣れていなかった。ヨットには沈没や海に投げ出されて溺《おぼ》れる危険、帆桁《ほげた》の角で頭を直撃される危険がともなうので、航海に出る前、スティーグに頼んで短期のヨットスクールに通ってもらった。兵役期間に地図の読み方を習った彼は海図を見るのが楽しそうだった。私には操縦のほうが面白かった。舵《かじ》は交代で取ったが、天候が悪くなったときは私が操縦席に戻った。私たちが買ったヨットはヨセフィンという名前の中古品で、スティーグの生年である一九五四年に製造された、全長八・五メートルのエンジン付きマホガニー製ヨットだった。手漕ぎボートの習慣も、貸しボートを利用して続けた。私たちのチームワークは抜群で、以心伝心の域に達していた。一度、暴風のさなかに帆桁が壊れたことがあった。同乗していた友人エレノールが心配そうに見守るそばで、スティーグと私は軍用品のベルトを使って臨時の帆桁を作った。作業中、私たちはひとこともかわす必要がなかった。

ヨセフィンを係留してあったのはオルスタ港だった。船の名前を変えると不幸が起こるといわれているので、私たちは前の持ち主がつけた名前をそのまま使っていた。ヨセフィンに乗るために家とオルスタ港とのあいだを往復したおかげで、港周辺にすっかり詳しくなった。

ダグ・スヴェンソンの著書で告発されているジャーナリスト、ペール＝オーケ・サンドストレムの自宅に乗り込むにあたって、リスベットはストックホルムのエルスタ通りにある〈ワツキ〉という店で必要なものを買う。航海で何かが必要になると、私たちは必ずこの店に行ったものだ。合わせて三十キログラム近くもある錨《いかり》と鎖を買って車に積み、森を抜けてヨセフィンの係留地まで運んだことが思い出される。

第二部でリスベットは、サンドストレムを縛り上げるのに二重結びを使う。しっかり覚えようと、私たちは毎晩のように係留用のこの結び方を練習した。リスベットが持っている倍率が八倍のミノルタ製双眼鏡は、航路標識を見つけて進行方向を確認するために、私たちがいつもポケットに入れていたものだ。

ストックホルム群島をひたすら北へ、アーホルマのほうまで航海したことも数多い。アーホルマは、ミカエルの高校時代の友人がヴェンネルストレムの記事を書くよう彼にすすめる場所である。作品に描かれているとおり、この港はプレジャーボートで混み合う。遅れて到着した者にスペースを空けるには、船同士の間隔をかなり詰めなくてはならない。ここはふつうの蚊《か》の二倍も大きい蚊がたくさん生息する場所で、夕方から夜にかけて容赦なく人を襲うので、どうして人気があるのか不思議でならない。

ホルゲル・パルムグレンが病に倒れたあとリスベットの後見人になるニルス・エリック・ビュルマンは、スタラルホルメンに別宅を持っている。夏になると私たちは、メーラレン湖の湖畔を散策するためによくスタラルホルメンでヨットを降りた。

ビュルマンの知人で公安警察の外国人課副課長であるグンナル・ビョルクは、ランスオートという村の、古い水先案内塔を改造した宿泊所に身を隠そうとする。秋のシーズンに私たちは何年か続けて、ランスオートが位置するストックホルム群島の南に向かって航海した。しかしどの年も悪天候に見舞われて、途中であきらめるしかなかった。灰色の海と向かい風を相手に何時間も格闘したあげく、いくらも進んでいないことがわかって引き返すというパターンだった。このままでくやしいし、少なくとも一度はランスオートを見たかったので、ある夏私たちは水先案内塔の中に部屋を借りて数日間滞在した。

『眠れる女と狂卓の騎士』の後半で、ミカエルはリスベット・サランデルの事件を担当する公安警察の有能な女性刑事モニカ・フィグエローラと関係を持つ。サンドハムンの小さな木造の別荘でモニカを待っていたミカエルは、蒸気船の桟橋まで彼女を迎えにいく。その晩、彼らは屋外のテーブルで二人きりで夕食をとる。ミカエルとリスベットの関係について質問するモニカは、アミーゴ23という船種のヨットがランプをつけ船外機をうならせながら港に戻るのを目で追う。

借りる料金は安くなるが天候も万全とはいえなくなる秋のシーズンに、私たちはこのすてきな小型ヨットを借りたことがある。高価な木材を使った船室はほれぼれするほどだった。安定感のある船だったが、何日にもわたって追風《おいて》にめぐまれたというのに、鈍重なことこのうえない。私は舵を握りながら悪態をついた。錨を後ろに引きずっているようなこんなバスタブみたいな船をどうして借りてしまったのだろうと。そのうちに風が正面方向から吹きはじめた。意外にもアミーゴ23は見違えるように変身した。眠りから覚め、帆をいっぱいにふくらませて、雄々しく前進しはじめたのだ。波に対する反応も敏捷《びんしょう》で、驚いたことに私たちは一滴の海水も浴びなかった。素晴らしい航海だった。私は感謝と激励の気持ちをこめて船体をなでたが、すでに水を得た魚のようになっているアミーゴ23は私たちを必要としていなかった。船は水しぶきをはね上げることなく滑るように海面を進んでいき、気がつくと目的地の島の先端に来ていた。スペイン語で友だちを意味するこの〝アミーゴ〟23に、私たちはすっかり魅了されてしまった。かけがえのない体験に結びついたこの船を、スティーグは物語に書き込まずにはいられなかったのだろう。

建設業界の低迷と不正事件

『ドラゴン・タトゥーの女』の前半でミカエル・ブルムクヴィストとロベルト・リンドベリが語る銀行と不動産の危機は、一九九〇年代に実際にあったことで、運悪くスティーグと私もそのあおりを受けた。

この時期、先進国はみな経済恐慌に陥ったが、スウェーデンの状況はひときわ深刻だった。スウェーデン・クローネが投機的取引にさらされたあと、スウェーデン国立銀行は平価切り下げに踏み切ったが、銀行の債務拡大を解決することはできなかった。

利率の急激な上昇、新税の導入、建設事業に対する補助金の削減……。不動産業界は低迷し、多くの会社が休業や大量の社員の解雇に追い込まれた。私も建築家としての職を失い、ふたりの生活にとって厳しい時期が始まった。

一九九二年の秋を回想して、ブルムクヴィストはこう語っている。〝ぼくは変動利率のローンでアパートを買ったんだが、あの年の十月にスウェーデン国立銀行の貸出金利が五百パーセントにまではね上がった。それから一年間は十九パーセントの利子を払う羽目になったよ〟。スウェーデンではこのとおりのことが起こり、私たちも影響をこうむった。一年間のローンの支払い額が十万クローネ（一万九百三十ユーロ）増えたのだが、幸いその一部は私の退職金でまかなうことができた。あのお金がなかったら、私たちは住まいを失っていたところだ。いまも私が住んでいるこのマンションは、ストックホルム西部のかつて労働者が多く住んでいた界隈《かいわい》にあり、エレベーターのない建物の最上階で、五十六平方メートルの広さがある。一九九一年に購入した私たちの初めての住まいだった。

一九九六年になって、スウェーデン政府は状況の重大さを憂慮しはじめた。住宅の建設は一九九二年以降ほとんど行なわれておらず、価格のきわめて高い協同組合住宅が販売されているにすぎなかった。そこで議会が検討に立ち上がり、迅速でコストの低い建設計画を作成するとともに、建設業界全体の生産性を上げ、住宅価格を下げる対策を探りはじめた。私は〝建設費用調査委員会〟の作業班に応募し、採用された。もともと関心があり、個人的に長くかかわってきた問題に、こうして一九九七年から二〇〇〇年まで昼となく夜となく取り組むことになったのだ。しかも、これまでと違って報酬がもらえる。夢のようだった。調査報告は合わせて二千四百ページに上ったが、その成果は『ミレニアム』第三部で積極的に取り上げられている。スティーグにはすべてに目を通す時間がなかったので、三年のあいだ私は毎日のように調査の内容を話してきかせた。有益でありながら笑いを誘う事実もあった。

たとえば『眠れる女と狂卓の騎士』の中で『ミレニアム』の新編集長マーリン・エリクソンは、〝「便器についての記事を『ミレニアム』に載せるの？」〟と思わず声を上げる。彼女には、若手ジャーナリストのヘンリー・コルテスが本気でそんな記事を書くつもりだとは思えなかったのである。ところが、建設会社のカルテルは、タイなどのアジア諸国で製造した便器と上げ蓋《ぶた》に何のためらいもなく法外な値をつけていた。実際の製造コストと価格の設定をめぐるスティーグの風刺的な書き方に、〝建設費用調査委員会〟の元同僚たちはひざを打って喜んだ。私たちの仕事がそこに再現されていたからだ。

二〇〇〇年、スウェーデン全土のありふれた道路工事に、道路建設会社のカルテルが不当に高い金額を受け取っていたことがわかった。この件には国家公務員も加担していたのだが、当時の産業大臣は「厄介な事態です」という言い方をした。これを問題視したスティーグと私は共同で記事を書くことにしたが、いっしょに名前を出すのは安全上はばかられたので、私は署名を控えた。『厄介な事態？　いや、犯罪だ』と題したこの記事は夕刊紙『アフトンブラーデット』に掲載された。反響は大きく、ある自治体が税金から支出された工事費の払い戻しを求めたことがきっかけで、このカルテルの請負価格は二十五パーセント以上下落した。

手応えを感じた私たちは、この問題について今後もふたりで調査を続けようと考えた。

出版まで

二〇〇三年の秋、茶色の封筒に入った『ミレニアム』第一部の原稿を郵便局から持ち帰ってきた私は大声で言った。「こんなのありえないわ!」

夏にスティーグがピラート社という出版社宛てに発送したこの原稿は、大型郵便物の例に漏れず受取人が取りにくるまで郵便局が保管する扱いになっていたのだが、保管期限を過ぎたため差出人である私たちに連絡が来たのだった。

「出版社の人は郵便局へ行きもしなかったのよ!」私はスティーグにそう言った。彼は驚いていた。

「電話したとき送ってほしいと言ったのは向こうなんだけどな」

「このまま放っておくわけにはいかない。もう一度電話して、私が自分で原稿を届けに行くと伝えて」

数日後の雨の日、私は同じ茶封筒に入った原稿を持って旧市街ガムラスタンへ出かけた。原稿は文字どおり石のように重かった。枚数の多さに苦労するのはこれが初めてではない。その日の仕事ですっかり疲れていながらも、私は夜ペンを持ってベッドに横になり、最終稿に読みふけった。疲れに負けてうとうとすると、原稿がどすんと顔に落ちてきたものだ。

出版社では感じのよい金髪の女性が封筒を受け取ってくれた。私はスティーグに、これで原稿は編集者の机の上に置かれたはずよ、と自信を持って言った。

しかしその後、何の音沙汰もなかった。何週間も過ぎたころ、スティーグがとうとう電話を入れた。ピラート社としては興味を引かれなかったという答えが返ってきた。

私は言った。「しかたないわね。でもあれは遅かれ早かれ出版される素晴らしい作品よ。あの人たちは郵便局の場所も知らないようだから、直接返してもらいにいくわ」

その夜の零時少し前、スティーグはいつものように「誰かいる？」と言いながら帰ってきた。私たちは返してもらった原稿を確かめてみた。きれいな状態だった。いや、きれいすぎた。どのページを見ても、皺《しわ》も、角を折った形跡も、指の跡もない。誰ひとり封筒を開けてもみなかったのは明らかだった。スティーグはため息をついた。「さっぱりわからないよ」。それからこう言った。

「もうどうだっていいや。いったん忘れよう。コーヒー飲む？」

「できてるわよ！」

スティーグの死後、作品が成功をおさめてから、ピラート社の女性社員が私に電話をくれた。私が原稿を渡した金髪の女性だった。彼女は残念そうな声で、人手が足りないためにたくさんの原稿が読まれないまま放置されているのだと説明してくれた。

刊行のめどが立たない『ミレニアム』第一部の原稿をノーシュテッツという出版社に持ち込んだのは、『エクスポ』発行責任者のロベルト・アシュベリだった。しかしこのころスティーグは不正に対していっそう心を痛めるようになり、セシリア・エングルンドとともに名誉殺人をテーマとする論文集に専念していたこともあって、自分の作品は二の次になっていた。最近になって、ヤルマション＆ヘーグルンドという出版社がスティーグに宛てた二〇〇四年三月の手紙が見つかった。『ミレニアム』第一部の刊行を承諾するが、その前に文章を大幅に直す必要がある、と書かれている。スティーグはこの要求に応じなかった。二〇〇四年の春、ノーシュテッツがそのままの状態で本にすることを受け入れたからだ。私は知り合いのひとりにメールでこのことを知らせた。「スティーグにお祝いの電話をかけてあげて。いままであんまり苦労したから、足が地につかないほど喜んでるの」

四月に入ると、私はストックホルムから二百五十キロメートルの距離にある、スウェーデン中央部のファールンで新しい仕事を始めた。環境に配慮した効率の良い手法を建築物にどう取り入れるかを長年考えてきた末に、ついに行動に移るときが訪れたのだった。ダーラナ地方の行政中心地であるファールンで、地元の建設会社と直接仕事をするようになったので、週のうち四日もストックホルムを留守にしなければならなかった。ある週末、私はスティーグから、五十九万一千クローネ（六万四千六百ユーロ）の前払い金を受ける条件で最初の三部の出版契約を結んだことを聞いた。契約内容を伝える手紙によると、多くの作家がそうしているようにスティーグも、前払い金の支払い先となる会社を作ることができるという。そしてご希望があれば、会社の形態による長所と短所をノーシュテッツの重役が説明するとあった。スティーグはこの提案に乗り気で、ノーシュテッツが会社を設立してくれたら私を共同所有者にしたいと言った。こうしたやり方を選んだためだと思うが、前払い金五十九万一千クローネの支払いはこの時点では行なわれなかった。いまにも舞い上がりそうな彼の様子を見ていた私は、同じような反応を示す作家たちに対してこの出版社が資金管理会社の設立を代行するのはうなずけることだと思った。スティーグはノーシュテッツで説明されたことを誤解したのだろうか？　本当は、彼に代わって会社を設立するという意味ではなく、ただ彼に助言を与えるということだったのではないか？　いずれにせよ、記事や報告書や私のハルマン論の印税など、私たちが給与として受け取るもの以外の収入は、それ以降すべて直接この会社に支払われることになったのだ。私たちはあらゆるものを二等分のかたちで所有しているので、たとえば遺言書には、どちらかが死んだ場合、残されたほうが完全な所有者になるよう規定しなくてはならないが、会社を設立すれば、『ミレニアム』からの収入に関するかぎり面倒な書類を作らなくてすむ、とスティーグは説明した。

相続法と照らし合わせてみたところ、これらの情報の正しさが確認できた。スティーグはこの方面に詳しくないので、法律家が彼に手順を説明したにちがいなかった。

私は折にふれて、会社設立の話はどこまで進んでいるかと彼に尋ねた。話は進行中で、あわてる必要はまったくないと彼は答えた。

作品が出版されるとスティーグが確信してから、私の人生で最も美しい記憶に数えられる日々が始まった。

私が木曜日の夜ストックホルムに帰ってくると、スティーグはもう家にいて、夕食を作っていた。骨付きロース肉のサヤインゲン添えなど、簡単ながらも自分で調理した料理だった。取るに足りない事柄に見えるかもしれないが、けっしてそうではない。これはスティーグがやっと私たちの生活を優先するようになったことの表われだった。彼自身の食習慣も変わってきた。ジャンクフードやサンドイッチや冷凍ピザは食べなくなった。彼が自分の体を気遣うのはこれが初めてだった。なにしろオメガ3脂肪酸のサプリメントまで買ってきたほどなのだ。私は十八歳のときの彼に再会したような気持ちがした。スウェーデン通信からの不本意な退職、『エクスポ』創刊と財政面の苦労といった多難な歳月を経て、いま彼の心は静かだった。作品はまもなく出版され、自分の正当な価値が世に認められるだろう。そう思いながら彼はひと息ついていた。

これまでの三十二年間を通じて私たちは本気で別れたことがないので、平日離ればなれで過ごしたあと再会するのは本当に幸せだった。「週末くらいはエヴァといっしょにいたい」と彼は周囲の人々に言っていたらしい。『エクスポ』よりも私を優先してくれるのは画期的な出来事だった。

苦境のさなかにあっても私たちは楽しくやってきたが、この時期の彼は本当に陽気で、心から幸せそうだった。

私たちはいろいろな計画を立てた。

まず、彼が『エクスポ』の編集長を辞《や》め、勤務時間も半分程度にすることを決めた。私のほうも、ファールンでの仕事の契約期間が終わったらパートタイムの職を見つけ、そうして確保した時間でふたりいっしょに活動する。彼の文才に私の知識を組み合わせ、新しい本を作る。とくに、いままで探究されたことのない建設業界をテーマとする著作をものしたいと考えていた。もちろんその著作は、道路建設業者の不正を取り上げた記事より本格的なものになるはずだ。『ミレニアム』が成功を収めるとすれば北欧諸国とドイツだろう、と私たちは考えていた。そして作家としての名声が得られれば、身の安全も高まると思われた。やがてはふたり並んで公《おおやけ》の場に姿を現わすこともできるだろう。増えた収入で自宅の安全対策を充実させられるかもしれない。

こうしてスティーグは私たちふたりの関係を何よりも大事にするようになった。彼は『ミレニアム』の第一部から第三部までの収入によって生活を改善させ、その第一歩として、住宅ローンの残額四十四万クローネ（約四万八千百ユーロ）を印税で支払う計画を立てた。次に、いつも資金調達に奔走しなくてはならない『エクスポ』に第四部の収入をまわし、継続的に刊行できるようにしよう、とふたりで話し合った。第五部の収入は、暴力の犠牲となった女性を受け入れる施設の設立にあてる。それ以降の作品からもたらされる利益については、ゆっくり考えればいい。

彼はかなり疲れていたが、無理もなかった。ノーシュテッツの編集者と『ミレニアム』第一部を最終的に仕上げながら、『エクスポ』での仕事を続け、講演活動もこれまでどおり行なっていた。たとえば六月には、ネット上の誹謗《ひぼう》中傷をテーマとする欧州安全保障協力機構主催の会議に出席するため、法務大臣から任命されたスウェーデン代表団とともにパリへ行った。すでに述べたように、私たちは島に別荘を持つという夢を抱いていた。この〝小さな仕事用別荘〟に定期的に引きこもって、それぞれ原稿の執筆にいそしむのだ。『ミレニアム』の出版が決まって、夢がいよいよ実現する見通しになった。私たちにとってそれは単なる場所というより、新しい生活の象徴だった。建築にあたって、私たちは単純な条件を出し合った。スティーグは新聞を買える店と喫茶店が近くにあることを求め、私は別荘がメンテナンスしやすくて衛生的であることを望んだ。そしてふたりとも長椅子をふたつ置きたがった。というのも家では、ひとつしかないリビングの長椅子の争奪戦が繰り広げられていたからだ。ひとりの頭の隣にもうひとりの足がくるようにして横たわればいっしょに使えるが、片方が立ち上がったとたんに残ったほうが大の字に寝そべってしまったり、ひどい場合は長椅子を部屋の隅に移動させてしまったりする。長椅子という最重要課題のほか、私たちは外壁の色についても相談し、赤ではなく、スウェーデンで一般的なグレーを選んだ。勾配のついた屋根を、ベンケイソウ科のキリンソウが覆《おお》うようにしよう。花もつけるけれど大事なのは葉のほうで、厚くて油分が多いため断熱材の役割をしてくれる。密度が高く保温にすぐれたゴム製の床材のような新技術も使ってみたかった。私たちは平日にそれぞれ別荘のデッサンを描き、週末に互いの案をくらべ合った。それと同時に土地を探しはじめた。秋に入ると私はパソコンで別荘の最終的な図面を作成し、省エネ住宅専門のメーカーに送って見積書を頼んだ。床面積は限られていたが、例の長椅子ふたつはもちろん、客用の部屋まで盛り込んだ図面だった。

　スティーグと過ごした最後の夏は、前年までの夏とはまるで違っていた。時間ができたので、この機会に友人たちの家をまわろうということになった。スティーグが亡くなったいま、友人たちも私も、計画を翌年に延期しなくてよかったと実感している。私は旅行代理店と化して、旅程を調べ、交通手段を確認し、宿を手配した。スコーネ地方とイェーテボリとコステル諸島には妹のブリットも同行した。旅行が始まってから、スティーグがひどく疲れていることがわかった。ブリットと私が街歩きに出かけるときも、彼はふだんの習慣とは反対に、ホテルで新聞を読んでいたいと言った。それでも、見ていて不安になるような兆候は何もなかった。八月半ばに五十歳を迎えた彼に、妹は人間ドックのプレゼントをしようと提案した。しかしスティーグも私も病気でないときに医者の診察を受けることに抵抗を覚える人間だったので、結局私は妹、弟と相談してDVDプレイヤーを贈ることにした。二カ月後、私たちはそれを後悔しなければならなくなる。

その夏、スティーグと私は例年どおり、ストックホルム群島の小さな貸別荘に泊まって旅を締めくくった。

八月末のある晩、自宅の長椅子にふたりで寝そべっていたとき、まるで断わられるのを恐れているかのように、彼が遠慮がちにこう言った。「そろそろ結婚してもいい頃だと思うんだけど」。私はびっくりして、うれしいのときまり悪いのとがいっしょになったような反応をした。それからふたりで相談をし、秋に私たちの五十歳の誕生日パーティーを企画して、その席で友人たちに結婚を発表しようということになった。二〇〇一年のリスボン旅行で買ったポートワイン〝キンタ・ド・ノヴァル〟の一九七六年物を、私たちは五十歳になる年のために保管していた。しかし残念ながら、結婚もパーティーも実行に移す時間がなかった。ポートワインのボトルはいまもキッチンに置かれたままだ。栓を抜くつもりはない。

最後となった夏のあいだ、私たちの向かう先々に必ず海があった。絶えず様相を変える水平線は、移り変わる世界を、そしてこれからの私たちの人生を象徴しているように見えた。事実、私の人生は変わった。不幸な方向に。

二〇〇四年十一月

十一月八日　月曜日

この日、スティーグはいつもどおり遅い時間に起きた。正午近くなって、やはりいつもどおり朝食をとりに喫茶店へ行き、そのまま『エクスポ』へ向かった。彼が家を出るとき、私はキスをして「またね」と言った。彼は元気そうだった。午後七時四十五分ごろ、列車が出発する前にもう一度彼の声を聞くため、私はストックホルム駅から電話を入れた。元気な声だった。三時間後にファールン到着。季節はすでに冬で、闇が深かった。うす暗い路地を通らなくてはならないので、いつも防犯スプレーを携帯していた。アパートに着くとすぐ、スティーグに電話して無事に着いたことを知らせた。これはしきたりになっていて、このひとことで彼は安心するのだった。

スティーグには私に伝えるべきことがとくになく、「いつもありがとう。おやすみ」とだけ言った。

十一月九日　火曜日

昼食のあと、『エクスポ』の記者ミカエル・エークマンから電話があった。スティーグが気を失ったので、『エクスポ』の編集責任者リカルドに電話して詳しい話を聞いてほしいという。リカルドの説明で、スティーグが救急車で搬送《はんそう》されたこと、私たちの三十年来の友人であるペールが付き添っていることがわかった。ペールの携帯にかけてみると、病状はかなり重いという。どうしたらいいの、と私は訊いた。すぐに駆けつけてくれという返事が返ってきた。

私は職場を引き上げて駅へ急ぎ、列車に乗り込んだ。直通列車ではなかったので、途中駅のイェーヴレからもう一度ペールに電話した。彼はいつもと違う声で「エヴァ、急いだほうがいいよ」と言った。それで私は、ウメオに住んでいるスティーグの父親エルランドの番号にかけた。電話に出たのはパートナーのグンで、エルランドは図書館で系図を調べているという。私は彼女にスティーグが病院に運ばれたことを伝え、病状はわからないが深刻らしいのでエルランドもストックホルムに来たほうがいいと思う、と言った。

午後七時ごろ聖ヨーラン病院に着くと、入口にペールが立っていた。五、六人の人たちがそばにいて、そのひとりは精神科医のスヴァンテだった。みんな静かに私を見つめる。看護師が私にコーヒーを差し出し、医師から話があると教えてくれた。そして私は医師からこう告げられた。「残念ですが、ご主人（原文のまま）は亡くなられました」。彼の説明によると、スティーグは到着したときかなり危険な状態で、すぐレントゲン撮影が行なわれたが、その映像だけでは分析が難しかったため手術室に移されて専門医がさらに詳しい検査をした。スティーグはそのときには意識を失っていた。しばらくすると心臓の鼓動が止まった。医療チームは四十分にわたって心臓を蘇生させようと懸命の努力をしたが、変化はなかった。

十六時二十二分、死亡が確認された。

私がイェーヴレで列車に乗る前に、彼は息を引き取っていたのだ。待合室に戻ってみると、しんと静まり返っている。私はみんなを見まわして尋ねた。「二度目に私が電話したとき、彼が死んだことを知っていたの？」彼らはうなずいた。医師のすすめに従って何も言わなかったのだという。病院のスタッフが、スティーグと対面するかと私に訊いた。私は絶望のあまりこんなふうに自問した。〝会わなくてはいけないかしら？〟やがて、そうすべきだ、さもないと彼が死んだことを納得できないだろうと思い直した。ただ、彼の父親のエルランドに付き添っていてほしかった。それでふたたびグンに電話した。彼女は明るい声で「スティーグの具合はどう？」と訊いてきた。「死んだわ」私は言葉少なに答えた。エルランドは飛行機でストックホルムに向かっている、とグンは言った。それで私は正面玄関で待つことにした。煙草《たばこ》を吸いながらロビーと前庭とのあいだを行ったり来たりするうちに、ほとんどひと箱を吸いきってしまった。その間にも『エクスポ』のメンバーが続々と到着した。夜の道を歩いてやってきて、外にとどまったまま途方にくれて涙を流す者もいれば、タクシーが止まるやいなやはじかれたように飛び出す者もいた。そしてあいさつを交わし、肩を抱き合い、泣いていた。ところが私は、ただ突っ立っているだけだった。まわりの人々はくずおれ、茫然とし、途方にくれていた。私は煙草を吸いながらそこにいるだけで、何も理解できなかった。それでも周囲の人々の絶望した様子を見て、スティーグは『エクスポ』で素晴らしい友人にめぐまれていたのだと思った。

私は携帯を取り出して、妹と弟、そして友人のエレノールに急を知らせた。

エルランドが着くと、私は駆け寄っていって彼の腕を取った。「息子の容体は？」と彼は訊いた。私はスティーグが息を引き取ったこと、会いたければ顔が見られること、いっしょに対面しようと思って彼を待っていたことを伝えた。そして「心の準備ができたら行きましょう」と言った。私たちは決心がつくまでしばらくたたずんだ。付き添いましょうか、と声をかけてくれた看護師に、私はお願いしますと答えた。私がどんな反応をするかは予想がつかないけれども、倒れた場合は精神科で対応する、ということだった。エルランドと私は部屋に入った。看護師は遠慮深くドアのそばに残った。私はスティーグのかたわらに座り、手を取った。穏やかな表情だった。本当は眠っているのでは？　実際、眠っているように見えたのだ。私は彼の手を握り、腕をなでた。「起きてくれないの？」私はずっと外にいたので冷えきっていた。彼の体はまだ暖かかった。私は言った。「おかしな具合ね。いまもあなたに体を暖めてもらえるなんて」。エルランドはベッドの反対側にいたが、私はスティーグしか見ていなかった。しばらくするとエルランドが、続いて看護師が部屋を出ていった。眠り込んでいるスティーグを起こすときしたように、私は彼の髪、額《ひたい》、頬《ほお》をなでた。私のほうは暖まってきたのに、彼の体はだんだんと冷えていった。それでも実感がわかなかった。いまにも目を開いて、いつものように騒ぎだしてくれそうな気がした。私は小さい声でこう言った。「私の人生を素晴らしいものにしてくれてありがとう。いままでよくしてくれてありがとう」。それから彼の唇にキスし、飽きることなく髪をなでた。彼はすっかり冷たくなっていた。私はうつろな気持ちで立ち上がり、部屋を出るときもう一度ベッドを見た。彼は眠っていた。私はまだ信じられなかった。

しばらくしてから、当日に何があったかを友人たちが語ってくれた。スティーグは、一九八四年にグレナダで知り合ったジムと午後二時に『エクスポ』の前で待ち合わせしていた。そこに現われたとき、彼は足もとがおぼつかなかった。具合が悪そうだと気づいたジムは、自分が付き添うからすぐに病院へ行こうと提案したが、スティーグは『エクスポ』に行くのが先だといって断わった。あいにくエレベーターが故障中で、八階まで階段を上らなくてはならなかった。編集部に着くと、彼は椅子に倒れ込んだ。ペールと会計係のモニカはスティーグが顔から汗を流し、苦しそうな呼吸をしているのを見て、大丈夫かと尋ねた。彼は下腹が痛いと打ち明けた。救急車が到着すると、スティーグはペールに付き添われて、数ブロック先にある病院に搬送された。モニカは『エクスポ』所有のパソコンが入ったスティーグのリュックと上着を持って病院へ向かった。

数週間後、医師と看護師から話を聞くため病院を訪れたとき、医療スタッフがスティーグの死に衝撃を受けていたことを知った。妻（原文のまま）が最期を見届けられないほど早く亡くなってしまう患者はめったにいないというのだ。また、この病院にこれほど多くの人々が駆けつけたのも初めてだったという。看護師は死ぬ間際のスティーグの様子を聞かせてくれた。病院に着いた直後、彼は一時的に意識を取り戻し、「エヴァ・ガブリエルソンと連絡を取らなければ」と言って私の携帯の番号を伝えたらしい。そしてまた意識を失った。それきり意識は戻らなかった。

その日の夜、エルランドと私はエレノールが運転する車で家まで送ってもらった。家の中は妙な感じだった。スティーグが出かける前にとった食事が半分ほど残っている。だいぶ前に買ったホットドッグと、キヨスクで売っているチョコレートドリンクだ。エルランドは寝ようとせず、これは普通じゃない、親よりも子どもが先に死ぬなんてどうかしていると繰り返した。死亡通知を用意する必要があるとも言い、葬式には誰が来るだろう、死亡記事はどの新聞に載るだろうとつぶやいた。彼までが冷静さを失っているのは耐えがたかった。幸いエレノールから電話があって、自分もそちらに泊まろうかと提案してきた。ありがたかった。エルランドはスティーグの書斎で、エレノールはリビングの長椅子で、そして私は寝室で寝ることになった。ベッドは乱れたままだった。

十一月十日　水曜日

朝七時、妹のブリットが始発列車でイェーテボリから到着した。エルランドは死亡通知の文面を読み上げながらリビングを行ったり来たりした。そして細部を絶えず直しては、私たちに意見を求めた。私は黙ったまま身動きせず、一点を見つめていたが、内心は怒りが爆発しそうだった。エルランドを連れ出したほうがいいと気づいたブリットは、彼といっしょに『エクスポ』へ向かった。彼女は前日私が病院から持ち帰った、パソコンの入ったリュックを持っていった。リュックには手帳も入っていたので、今日の編集会議で必要になるだろうと判断したのだ。

午後になるといろいろな人たちから電話がかかってくるとともに、花束を持った見舞客が続々とやってきた。家の中は花束であふれ、呼び鈴がひっきりなしに鳴った。花の匂いで頭がくらくらして、まるで墓地にいるような気分だった。友人たちがリビングのテーブルを囲んでいた。コーヒーと果物と菓子が配られた。人から差し出される飲みものや食べものを、私はただ機械的に口に運んだ。

友人たちは気をつかって小声で話し、私にやさしい言葉をかけてくれた。手ぶらで来てくれた彼らに、私は感謝の念を覚えた。食料の詰まった箱を抱えて現われた親友は、私を見るなり腕の中に飛び込んできた。しかし彼女は、その日私が聞いた中でいちばん納得できる言葉を口にしたのだった。「あなたは彼が殺されるのじゃないかと心配してたけど、そうでなくてよかったわ。彼に死なれたうえに誰かを憎みながら生きることになったら最悪でしょう」。まったくそのとおりだ。

ブリットといっしょに戻ってきたエルランドは、おおぜいの人が集まっているのに驚いた様子だった。知らない人ばかりなので、ひとり距離を置いて過ごした。そしてその日の晩ウメオに戻った。スティーグの弟のヨアキムは電話をかけてこなかった。

前の日、病院に駆けつけた『エクスポ』の人たちのそばでエルランドの到着を待っていたとき、リカルドの言葉が耳に入ってきた。「これは絶望的だ。『エクスポ』はもうおしまいだよ」。『エクスポ』がおしまい？　スティーグが何年にもわたって注いできた努力はすべて無駄だったというのか？　いや、『エクスポ』まで消滅させてはいけない。そんなことがあってはならない。私は驚き、絶望的になった。スティーグの後継者と目されているリカルドがあきらめてしまえば、何もかもが終わる。私は友人で『エクスポ』の中心人物のひとりであるミカエル・エークマンに電話した。

「リカルドが雑誌を放棄するようなことを言ってるの。そんなのってないわ。『エクスポ』は続けるべきよ。ここでやめたら、体を壊すほど働いたスティーグが報われない。力を貸してほしいの」

「明日編集部へ行くよ」

こうして十一月十日の午後、忘れがたい会議が開かれ、『エクスポ』は活動を再開した。一度でも雑誌に寄稿した者は全員、自らすすんで会議に出席した。人数が多いので椅子が足りなくなった。何人もの出席者が壁を背に立っていた。ミカエルが、やはり立って司会をした。そしてスティーグの手帳に記されていた会合の日程や記事の締切などの情報を残らず伝えた。ミカエルのかたわらではモニカが、膝の上にティッシュの箱をのせて座っていた。議事を進めるミカエルの頬を絶えず涙が伝うので、そのたびにモニカは彼にティッシュを手渡した。会議が終わると、みなそれぞれ机の前に落ち着いた。泣いている者もいたが、いっせいに仕事が始まった。

その晩ミカエルが家にやってきて、ひとこと「いい会議だった」と言った。私たちは明け方の三時半までワインとウイスキーを飲んで過ごした。スティーグの死を話題にすることはできなかったが、酒のおかげで心おきなく語り合えた。『エクスポ』の継続が決まって私はほっとしていた。それを除けば何の感情も起こらなかった。

スウェーデンでは、死後何週間も経ってから埋葬が行なわれる。スティーグの場合、イギリスやドイツやアメリカなど、葬儀への出席を希望する人々が各国にいるので、さらに日取りを先延ばししなくてはならなかった。私はノーベル賞の授賞式が開催される十二月十日を選んだ。極右グループが人目を引く行動に出ても、ノーベル賞の陰に隠れて大きな報道はされないだろうと考えたからだ。

ひとりの日々

つらい現実を忘れるため、私は『エクスポ』の活動に気持ちを集中した。雑誌が継続されるよう手を尽くしたいと思った。資金面では力になれないが、メンバーの精神状態を支えたかった。みなかなりのショックを受けているので、いつまた気を落とすかわからない。私は警察で働いている友人に雑誌の状況を打ち明けた。彼女は私の主張をもっともだと言って、組んで仕事をすることのある心理カウンセラーの連絡先を教えてくれた。しかし『エクスポ』のメンバーはカウンセラーの世話になることに難色を示した。私は彼らが本当に大丈夫なのか確かめたくて、ひとりひとりと話をした。その日の夜、私は久しぶりに七時間ぐっすり眠った。

私は本能で動く動物のようになっていた。そうなることで自分を守り、害を及ぼす人間が周囲にいればすぐに遠ざかった。私の足取りは幽霊のようだった。毎朝泣きながら目を覚ました。夜、夢を見ることはなかった。夜はただの真っ暗闇だった。内なる動物によって私は神経質になり、絶えず動きまわった。よく歩いたが、必ず誰かに付き添ってもらった。ひとりで外出する気にはとてもなれなかった。いまの私を私とは思えず、自分に対しても出会う相手に対しても、何ができるのか見当がつかなかった。追いつめられた動物のように、かろうじて見つけたナツメヤシの実やクルミや果物などで命をつないだ。

しばらくして、出版社ノーシュテッツのスヴァンテ・ヴェイレルがやってきて私に弔意を伝えた。彼は、私がスティーグの遺産を相続するのか、作品は予定どおり出版させてもらえるのかと尋ねた。もちろん作品は出版すべきです、と私は答えた。相続については、私たちが非婚姻カップルであることを打ち明けた。

六日目の朝、ブリットがイェーテボリに帰った。私は自分のベッドを離れてリビングの長椅子に横たわり、警戒する動物のように、廊下と玄関のドアをうかがった。ひとりでいることに耐えるにはその場所が最適だった。冷静さと自分らしさを取り戻したかったし、見舞客にわずらわされてばかりいるのは嫌だった。絶えず寒気を感じるので毛布を重ねたうえに羽布団をかぶって、眠ることなく、一日じゅう横になっていた。薬も睡眠薬も飲まなかった。持っていなかったし、欲しくもなかった。

十一月十七日は私の誕生日だ。この日、スティーグを埋葬する場所が見つかった。街に戻ると私は友人とコーヒーを飲み、初めて、人前でためらわずに泣いた。ほっとした気持ちからだった。やっといい場所を見つけることができた。自分でも驚いたのだが、私は友人にこう言った。「これでどうにか生きていけるわ」。確かにそう言ったのだ。午後には聖ヨーラン病院のソーシャルワーカーと会う約束があり、『エクスポ』のメンバーがこのつらい時期を乗り越えるのをどのように手助けできるか話し合った。このときわかったのは、私の場合と同じように、彼らが自分自身の力で立ち直れるようわずかな助力にとどめる必要があるということだった。夕暮れどき、私の誕生日を知っている二人の友人が食べものと高級なワインを持ってきてくれた。その夜、私は自分のことを、誰かの手でとどめを刺してほしいと願う瀕死の動物のように感じた。

翌日の七時ごろ、泣きながら目を覚ました。妹が帰ってからついた食習慣で、朝食にオートミールを少し食べた。晩にはスープを作ったが、のどを通らなかった。この日の午後、ようやく医師の診察を受けてみると、すぐに病気休暇をすすめられた。医師は診断書にこう書いた。〝深刻なショック症状。二カ月間の休養を要す〟。おおげさだと思った。それほどの症状があるとは自覚できなかった。医師は薬を処方しようとしたが、私はそれも断わった。

午後『エクスポ』へ行き、スティーグと仕事していた十人ほどのメンバーと話をした。私が話題にしたカウンセラーにはみな相変わらず会いたがらなかった。相談相手が身近にいるから、という理由だった。

続く数日、その月に清算しなくてはならない請求書の額を調べはじめたが、いつもの暗算ができなくて、しかたなく計算機を使った。数字が目の前で踊っているようだった。私の内なる動物は、どうやら数を数えることに興味がなさそうだった。

デザイナー、イラストレーター、油彩画家、水彩画家のカール・ラーソンを扱ったカール・ラウリンの本を手に取ってもみた。しかし字面《じづら》を追うばかりで、読み進んではまた前の文に戻るといったありさまだった。五ページほど進んだところで読むのをやめた。内なる動物は読書もお気に召さないのだ。こんなことで仕事を再開できるのだろうか？

十一月二十六日、スヴァンテ・ヴェイレルから電話があり、相続の件をノーシュテッツが雇っている法律家に任せてはどうかと提案してきた。こうした問題についてはまさに適任の人たちだという。「大事なのは、常識にかなった解決案を出していただくことです」と私は言った。十二月一日水曜日には、同じくノーシュテッツのエヴァ・イェディーンが、スティーグの作品は本当に素晴らしい、表紙デザインの候補がいくつかあるから見にきませんかと電話で伝えてきた。彼女はまた、スティーグについてはほとんど何も知らないが、いまや社員全員が親しみを感じてい

ると も言った。それで私は、告別式と追悼の集い、そして仲間内だけのお別れ会に来てくれれば、彼の人となりがいくらかでもわかるはずだと答えた。

告別

二〇〇四年十二月十日

朝、かなり早く目が覚めた。この日からしばらくのあいだのことについては霧のような印象が残っているだけで、断片的な記憶しかない。日記にも、まるで自分が存在していなかったかのように何も書いていない。葬儀は小さい教会に近親者だけが集まって行なわれたが、追悼の集いはほぼすべての人に開かれていた。

その日は十二月のよく晴れた日で、雪もなく、心地よい風がかすかに吹いていた。あちらこちらに警官が控えめに立っていた。スウェーデンでは、葬儀の日時を必ず役所に届け出なければならない。極右の活動家が式の進行を妨害するかもしれないので、葬儀会社の社員と『エクスポ』

のメンバーは安全確保のためにあらゆる対策を講じた。

スティーグの父親のエルランドはパートナーのグンを、スティーグの弟のヨアキムは妻のマイと子どもたちを連れて、飛行機でやってきた。彼らは身内しか来ていないと思っていたので、五十人以上の出席者を見てびっくりしていた。私は、ここにいるのは身内同然の人たちであり、たとえば外国にいる知人など、来たくても来られなかった人も多いのだと説明した。

追悼の集いは、ストックホルム中心部にある勤労者教育協会の本部で開かれることになった。私はスティーグの思い出を語ってもらうために、『サーチライト』のグレアム・アトキンソン、『エクスポ』のミカエル・エークマンなど十八人を選んだ。

みな私自身が話をすることを当然と考えていたので、前の日にスピーチの原稿を書こうとしたが、言葉が浮かばなかった。とにかく何か話さなくてはならない。そこで、マラリアで入院していたアジスアベバの病院から私宛てに送ってくれた一九七七年の手紙を朗読して、スティーグの温かい人柄を伝えようと決めた。私を真剣に愛していて、帰国したらいっしょに暮らしたいと書かれている手紙だ。しかしその手紙がどうしても見つからない。昼過ぎから夕方まで、家の中をくまなく探しても出てこなかった。あらゆる引き出しを調べ終えた夜になって、納戸《なんど》の中に大きな段ボール箱を見つけた。開けてみると郵便物を収めた箱があり、クラフト紙の封筒に〝ぼくが死ぬまで開封しないこと。スティーグ・ラーソン〟と書かれた手紙が見つかった。

封筒の中には、一九七七年二月九日の日付がある二通の手紙が入っていた。ストックホルムからアフリカへ出発する準備をしていた二十二歳のころだ。不思議に思われるかもしれないが、私がこの封筒を見たのはそのときが初めてだった。スティーグは出発前、自分をストックホルムに泊めてくれた友人に身のまわりの品を預けていった。それ以来、封筒は引っ越しのたび、ほかの荷物とともに持ち運ばれてきたが、スティーグはその存在をすっかり忘れていたのだろう。

思いがけないかたちでこの封筒を見つけた私は、天を仰いでスティーグに感謝した。私は死後の生を信じてはいないが、何らかの超常的作用を考えないと説明できない出来事は確かにあると思う。長い歳月をいっしょに生きてくると、相手は自分の一部になる。ときおり、スティーグがハンモックに寝そべって私にほほえみかけ、小さく手を振る姿が思い浮かぶ。私たちはハンモックを吊ったことなど一度もないのに。それでも現在私の頭に浮かぶのは、多忙な生活からようやく解放されてのんきに寝ころがっている彼の姿なのだ。

〝遺書〟と題された最初の手紙は両親に宛てたものだった。自分の衣類、書き残した原稿、そして政治にかかわる本や書類すべてを私に譲ってほしいと書かれていた。ＳＦの本は私の弟に贈るとあった。スティーグは自分の名前を記していたが、この手紙そのものは法的に有効な遺言書ではなかった。次の手紙は私宛てだった。

追悼の集いで、私はその一部を読み上げた。

愛するエヴァ

ぼくの人生は終わった。いずれにせよ、どんなものにも終わりはある。終わりを迎えないものなど存在しない。これこそ、ぼくたちの知っている宇宙のいちばん魅力的な性質かもしれない。星も、星雲も、惑星もやがては死ぬ。人間もやはり死ぬ。ぼくは信仰を持ってはいないが、天文学に興味を抱きはじめてから、死の恐怖をあまり感じなくなったように思う。宇宙にくらべて人間が、そして人間のひとりであるぼくが限りなく小さいことを実感したんだ。とはいえ、きみに哲学や宗教の思想を聞いてもらうためにこの手紙を書いているわけではない。これを書いているのは、きみに〝さよなら〟を言うためだ。ペンをとる前、きみと電話で話をした。きみの声がまだ耳に残っている。きみが目の前にいるような気がする……。この美しい残像、このかけがえのない記憶を、ぼくは死ぬまで忘れない。この手紙を読んでいるとき、きみはぼくがもうこの世にいないことを知っているはずだ。

きみに知っておいてほしいことがいくつかある。アフリカ出発を前にして、何が待ち受けているかは覚悟している。この旅行で死ぬかもしれないとさえ感じるけれど、それでもやはり、これはやるべきことなんだ。ぼくは安全な場所にいつづけるために生まれたわけではない。そういう生活に甘んじられる人間じゃないんだ。今回の旅行でぼくは、ジャーナリストとしての仕事だけでなく政治的使命も遂行する予定で、死を覚悟する理由もそこにある。

きみに手紙を書くのはこれが初めてだけど、それはきみが好きで好きでたまらないからだ。それをわかってほしい。きみほど好きになった女性がこれまでにひとりもいないということをわかってほしい。真剣にこう書いているのだと信じてほしい。ぼくのことを記憶にとどめながらも、ぼくの死を嘆き悲しまないでほしい。もちろんきみはぼくを大切な存在と思ってくれているにちがいないから、ぼくの死を知って苦しむだろう。でも、きみにとってぼくが本当に大切な存在なら、苦しまないでほしい。ぼくを忘れずに、しっかり生きつづけるんだ。自分の人生を歩むんだ。いまはそう思えないかもしれないけど、苦しみは時とともに消えていく。淡々と生きるんだ、エヴァ。生き、愛し、憎み、闘いつづけるんだ。

ぼくが欠点だらけだったのは百も承知だけど、少しは取り柄もあったんじゃないかと思っている。それにしてもエヴァ、きみが抱かせてくれた愛の感情はあまりに大きすぎて、とうとう一度も伝えることができなかったよ。

胸を張って、お腹を引いて、しゃんと姿勢を正すんだ、いいかい？　そして体を大事にするんだよ、エヴァ。そろそろコーヒーを飲みに行くといい。手紙はこれで終わりだ。いままでいっしょに過ごしてくれてありがとう。きみのおかげで幸せだった。さようなら。

最愛の人、エヴァへ。
スティーグより心をこめて

いまになっても、この手紙を読む力がどこから湧いたのかわからない。私は出席者を見ていなかったが、あとで聞いた話では、朗読を聞きながら多くの人が涙を流したという。

追悼の集いが終わった午後五時ごろ、スティーグの家族と私の家族がひと息ついてくつろげるように、私はいったん帰宅してスープを作った。ラーソン家の人たちはしばらく会場に残り、私たちの友人や『エクスポ』の関係者とコーヒーを飲んでいた。私たちの自宅に移ってからヨアキムは、葬儀の費用を出すというノーシュテッツの申し出をどうして断わったのか、と私に疑問をぶつけてきた。しかしノーシュテッツの提案は私には抵抗があった。スティーグが私の伴侶である以上、私が費用を持つのは当たり前ではないか。ヨアキムが私たちの住まいに来たのは、この日が二度目であると同時に最後だった。彼は、スティーグが幼少期の大半をともに過ごした母方の祖父母の遺品を要求した。それで私は小箱をふたつ見せた。ひとつはスティーグの祖母が裁縫《さいほう》箱《ばこ》として使っていた、伝統的な彫り模様のある木製の青い箱。もうひとつはスティーグの祖父のもので、コルシカ島で作られた青銅の箱だった。彼は両方とも持っていって、家族とともに夕方ウメオへ戻った。エルランドとグンは、私が企画したセードラ劇場のバーでのお別れ会に出席するためストックホルムに残った。午後七時に始まるこの会には、友人、家族、そして『ミレニアム』を出版するノーシュテッツの人たちが参加する予定で、杯を傾けながらスティーグの話をしてもらうのが目的だった。エルランドは繰り返し、自分はスティーグの遺産をいっさい受け取るつもりはないと言っていた。

数日後、スティーグの埋葬が行なわれた。友人たちが立ち会ってくれた。その十二月二十二日の朝、私は重要なことをした。バイキングが使っていたものをモデルとしてゴットランド島で作られたエヴァ＝マリー・コーテの黒い陶磁器の中に、私たちの愛と思いやりと夢を象徴するもののすべてを入れた。まず、彼が岩の上に横たわって私を見ている写真。次に、エンネスマルクの山小屋の前で撮影した写真。ルバーブの茂みで見つけた生まれたての野ウサギを、彼がそっと胸に抱いている写真だ。彼は動物が、とくに動物の赤ん坊が大好きだった。さらに、日焼けして見るからに魅力的な彼が、指のあいだに煙草をはさみ、くつろいで、何かを待っているようにレンズの後ろの私を見つめている、いちばんきれいなとっておきの写真。最後に、彼が陽光を浴びながら、上体をのけぞらせてまぶしそうに目を細めている写真を入れた。この夏いっしょに描いた別荘の図面も入れることにした。省エネ住宅専門のメーカーに送る前にもう一度見てほしいと彼に頼まれた、最終的なプランとなった図面だ。彼は私のすぐそばに椅子を引き寄せて座り、この

〝小さな仕事用別荘〟にどんな家具を置くか、楽しそうに私と相談したのだった。忙しかったころの彼とは違い、温かく、甘えたがりで、穏やかで、もうすぐ余裕ある平和な生活ができるという見通しに期待をふくらませていた。以前のように私のところへ戻ってきてくれた彼に、私は二度目の恋をしていた。

写真と図面に続いて入れたのは、貸し部屋の候補の電話番号を書いたメモだった。私は彼に静かな場所で一週間休んでもらい、そのあいだに『ミレニアム』第四部の執筆や第三部までの仕上げを心おきなくやらせてあげたいと思っていたのだ。彼はよく、リビングの長椅子で笑いをこらえながらこんなことを言った。「リスベットが何をたくらんでるか、きみには想像もつかないだろうな」。それから続きを書きはじめ、自分で頼んだ調べものの結果を私から聞きながら細部を直すのだった。ふたりの生活の思い出を収めた陶磁器を、私は埋葬場所の棚に置いた。そして器の後ろに、クヴァーンビューン（イェーテボリ郊外の一地区。昔ながらの方法で紙を作っている工房がある）で買っておいた便箋《びんせん》を差し込んだ。自分が失ったものを書きつらねた青い便箋と、いまの望みを書いた黄色の便箋だ。〝もう一年生きのびること〟と書いたのだ。

神の復讐

『ミレニアム』でリスベット・サランデルは、自分にひどいことをした者たちを覚えておき、必ず復讐するため、自分の体にタトゥーを入れる。私はタトゥーを施すのではなく記憶に刻むことにしている。

スティーグを失ってから何週間も、私はこの不慮の死に憤りを覚え、直接的にせよ間接的にせよ、また意識的だったか否かにかかわらず、彼の死を早める原因をつくった人々に怒りを感じた。しかしそれを言葉にすることは、頭の中でさえできなかった。

スティーグと私は困難に立ち向かって世界を変えようと願い、そうした闘いのために多くのものを犠牲にしてきたが、ひとり残された私は何もかもが失敗に終わった気がしてならなかった。かけがえのない私の伴侶を傷つけた不遇の歳月、彼の能力や知識や価値が認められなかった長い歳月を、私は思い返した。スウェーデン通信に正社員として採用されなかった彼の失意、裏切られた希望、恐れ、期待、不当な扱いに対する怒りを思い、実行してもらえなかった約束がいかに多かったかを嚙《か》みしめた。スウェーデン通信を辞《や》めたあと、資金を得るため毎月必死の努力をしながら、絶えず『エクスポ』が廃刊に追い込まれるのではないかと心配していた彼の不安と気落ちを思い返した。彼は、疲れ果てた姿で夜遅く帰ってきて、短い睡眠時間しかとれないにもかかわらず眠りが浅くなっていった。あのつらい時期、ストレスによって彼の歯茎《はぐき》には痛みをともなう慢性の炎症が生じ、医師からかなり強い薬を出された。もちろんスティーグは自分の問題を打ち明けて助言を求めてくれたが、最終的にどうするか決めるのは彼自身だった。至るところから圧力がかかってきた。私は暗い記憶の波に押し包まれ、絶望に苛《さいな》まれながらも、それを言い表わすことができなかった。

そのときふと頭に浮かんだのが神話だった。神話にならい、自分の苦しみに釣り合った、荒々しくて強烈で現実味のある表現が見つけられるような気がした。幸い神話関係の蔵書は豊かだった。そして、現代のスカンジナヴィア諸言語の原型である古ノルド語で書かれた詩の集成『エッダ』（八～十二世紀に作られた詩を収録。作者は不明で、厳密には後述のスカルド詩と区別される）に、とりわけハヴァマール（高き者の言葉）という一篇に、求めていた表現形式を発見した。そして、一定の儀式にならってニード（nið）と呼ばれる詩を読み上げれば、心に鬱積《うつせき》している感情を吐き出すことができるとわかった。

私は儀式の日を十二月三十一日と決めた。

スカルド（北欧で九〜十四世紀ごろに活躍した宮廷詩人の総称）の作品とされる、西洋文学としてはおそらく最も複雑な部類に入るこの詩は、敵に向けられた一種の呪いと恨みの言葉である。詩は声に出して読まれるか、または〝恥辱の棒〟と呼ばれるハシバミの木の杭にルーン文字で刻まれる。杭を地面に立ててからその上にいけにえの馬の首をのせ、宿敵のいる方角に向ける。儀式の起源は歴史の闇に埋もれて定かではないが、アイスランド・サガには十世紀くらいまでその記述が見られる。最近では、一九四九年にアイスランドがNATOに加盟して以来ケフラヴィークの軍事基地を使用しているアメリカへの反発から、アイスランド人たちが一九八〇年代にこの儀式を行なったといわれている。朝、目を覚ましたアメリカの兵士たちは、たてがみをなびかせ、ひきつった笑いを浮かべているように見える血まみれの馬の頭を杭の上に見つけたはずだ。アメリカ軍が基地を去ったのは二〇〇六年だが、本当に儀式が行なわれたのだとすれば、人々の努力は報われたことになる。

二〇〇四年十二月三十一日の昼間、ブリットと私はモンテリウス通りをスルッセン方面に向かって歩きだした。そしてレイメルスホルメ島の家に帰る前にワインと子羊の腿肉《ももにく》を買った。ストックホルム中心部にあるこの島の蒸留酒工場は、スウェーデンの国民的な酒アクアビットを百年以上にわたって製造してきた。現在〝レイマースホルムス〟は、十八種類ものシュナップスを誇る銘柄として知られている。『ミレニアム』でミカエル・ブルムクヴィストがレイメルスホルメの蒸留酒を飲むのは、私たちが住む島へのちょっとした愛情表現である。ニンニクをきかせた子羊のシチューが煮えるあいだ、私は部屋に戻ってニード（nið）の仕上げをした。時間の許すかぎり完璧なものにしようと思って、私は緊張していた。そんな私を見たブリットは、知り合いのアイスランド人の研究者に電話をかけて、ニードの書き方が規則にかなっているかどうか訊いてくれた。研究者はしばらく黙っていてから言った。「ニードを呪いの言葉として読み上げるつもりですか？」「ええ、そのとおりです」「わかりました。ちょうど家族がそばにいるので、確認してみます」。やがて彼は、自分たちが知っているところでは、脚韻《きゃくいん》や音節数について特別な規則はないと答えた。そして、敵にかける呪いは、相手が態度を改め、自分の過ちを認めるまでのあいだに限定しなければならないと言い添えた。私はほっとして机に戻り、スティーグの敵が自らの行為を自覚するまで彼らに呪いをかける、という意味の詩句を書いた。

　友人たちが着く直前の午後八時、ニードが完成した。最後のひとりがやってきたのは午後十時だった。彼は夜会服を着たまま、大晦日《おおみそか》のパーティーを抜け出してきたのだった。私たちは十時半ごろ家をあとにして、メーラレン湖に突き出したレイメルスホルメ島の岬に向かった。気温は零度以上あって、それほど寒くなかった。雪のない濃い闇の中に、年越しの夕食を楽しむ家々の窓が明るく浮かび上がっていた。私は湖を背にして木の柵に寄りかかった。後ろの対岸にはエレノールの家がある。彼女に会うときは住民共有のボートを漕いで対岸に行き、それを桟橋につなぐのが常だった。目の前には、熱いコーヒーを入れたポットを持って夜その根元に座りにきた木がそびえ、夏に野外の食事をしにきた土手が広がっていた。懐かしい思い出が次々によみがえってきた。静かで落ち着いた、感動的なひとときだった。友人のひとりがリュックから大きなろうそくを取り出して火をつけ、柵の上に置いた。驚いたことに、彼はさらに同じリュックからたいまつを出し、点火して手に持った。この火は異教のしきたりに権威を添える働きをした。居合わせた友人たちはみな、私と同じくらい儀式の意味を心得ていた。私はニードをゆっくりと、はっきり発音しながら読みはじめた。そしてようやく、わだかまっていた思いを表現することができたのだった。

私はスティーグのためにニードを読む
私は彼の邪魔をしたおまえたちのためにニードを読む
おまえたちは時間と知識と友情を彼から奪い
自分からは何ひとつ与えなかった
友に対して生涯を通じて誠実にふるまい
与えられたらその分だけ返すのが友の務めというもの

他者に嘲弄《ちょうろう》されれば嘲弄をもって返礼し
嘘を言われれば無関心をもって応じる

（ハヴァマール、42）

友に対して、また友と親しい者に対して
生涯を通じて誠実にふるまうのが友の務めというもの
だが誰であろうと
友の敵を自分の友にしてはならない

（ハヴァマール、43）

このニードはおまえたちに向けられたもの
敵意に満ち、陰険で卑劣な者よ
おまえたちは他の人間を見下す
おまえたちは他の人間を不幸と死に追いやる
おまえたちはスティーグの命を奪おうとした

計画を練り、機会をうかがい、差別をあおった
とくにＮ・Ｎ、おまえだ

陰険な者たちよ
おまえたちはスティーグをくたくたに疲れさせ
その働きを自分の利益と昇進に役立てた
とくにＮ・Ｎ、おまえだ

卑劣な者たちよ
おまえたちは自分が働く代わりにスティーグを働かせ
安楽な役職におさまって高い給料を受け取っていた
おまえたちはあまりに多くて数えきれない

ワークブーツをはき、スーツを着こなした
ありとあらゆる顔形のおまえたち
このニードはおまえたちに向けたものだ

ロキ（火・不幸・災いの神）がおまえたちの視覚を操って
同類の中に敵しか見えないようにしてしまうといい
そして互いに傷つけ合えばいい

スティーグの心の友に
おまえたちが暴力を行使するとき
トール（雷・雨・農業の神）がおまえたちの力を奪ってくれるといい

オーディン（死と戦いの神）、ウルド、スクルド、ヴェルダンディ（ともに運命の女神）が
おまえたちに混乱を与え
おまえたちの誇る経歴と利益をくつがえしてくれるといい

フレイ（平和・繁栄・多産の神）とフレイヤ（愛・美・多産の神）とバルデル（太陽の光輝と慈愛の化身）が
生きる喜びをおまえたちから取り上げ
パンやビールや希望の代わりに

石と泥水と不安を与えてくれるといい

オーディンの命を受けたフギンとムニン（ともにオーディンに付き添うワタリガラス）が
おまえたちの頭をついばみ
その頭から無知を取り除き
おまえたちを良識に導いてくれるといい

おまえたちの目をついばみ
永遠に閉じることのできない目で
おまえたちが自分の行ないを見つめるようにしてくれるといい

おまえたちの心臓をついばみ
その悪意と愚かさの結果が
犠牲者に生じたのと同じ不安と恐れをともなって
おまえたち自身にふりかかるようにしてくれるといい

おまえたちが頭と目と心で理解するまで
おまえたちが変わるまで
このニードは力を及ぼしつづけるだろう

ニードが流れに逆らって真水の中をさかのぼるよう
また海水の流れに乗ってあらゆる土地、
あらゆる人でなし、底意地の悪い者、卑劣漢に届くよう
私はこの馬をメーラレン湖に捧げる

この供物の馬が
春の雪どけ水、夏の雨、
秋の雹《ひょう》、冬の雪となって
ニードに新たな力を与えてくれるよう望む
その力は一年を通じておまえたちの上に降りそそぎ
どこに隠れていようとおまえたちを襲うのだ

N・Nという頭文字は、このニードが断罪する人物の本名には対応していない。だから誰を指すか調べようとしても突きとめることはできない。しかし本人は自分だとわかるはずだ。スティーグを致命的な疲労に追い込んだ人々も同様である。

千年以上前には、詩を読み終えたこの瞬間に、剣で馬の首を切り落としたと言われている。当時のバイキングにとって馬は聖なる存在だった。友であり、伴侶であり、生存と幸福を約束してくれる貴重なものだった。

一九八七年、私が監督を務めたかなり厄介な工事現場で、アマチュアの陶工でもある労働者が、私への感謝のしるしに作業班を代表して自分の作品をプレゼントしてくれた。陶製の二頭の馬で、焼いたときの熱によって互いにくっついていた。私はこの贈りものがことのほか気に入っていた。それが完全な美、熟達した技、私の仕事に対する感謝、そして仲間意識の結晶に思えたのだ。私は湖面のほうを向くと、つながっている二頭の馬をふたつに割り、かつてバイキングが渡った湖にひとつを投げ込んだ。かすかな音しかしないと思っていた私たちは水音がはっきり聞こえたことに安心し、ふたたび静寂に包まれながら陶製の馬が消えたあたりをしばらく見つめていた。残った馬はいまも家にあるが、安定を失って倒れてしまうようになった。私たちは肩を抱き合って互いの健康を祈った。私はいったん家に引き返してスコッチウイスキーとグラスを取ってきた。湖畔に戻ると、友人にふるまう前に、酒をほんの少し湖に注いだ。ウイスキーの原料の大麦は馬の食べものでもある。私の馬はこの酒に力を得て、使命を果たしてくれるだろう。神話には、酒を注ぐことによってニードが守られるという記述もある。時刻は十一時半に近かった。スウェーデンでは一月一日の午前零時になるとあちこちで花火が上がり、人々が街に繰り出す。にぎやかに騒いで新しい年を迎えるのだ。私たちは十五分ほどウィスキーを飲み、人々が通りに出てくる直前に引き上げて、特別な夜の続きを私の家で過ごすことにした。私はすっきりした穏やかな気持ちだった。スティーグが『ミレニアム』を書きながら癒《いや》されたように、この儀式には私の気力を回復させる効果があった。彼を失ったあともなんとか生きていけそうな気がした。

二〇〇五年の日記

日記をつけていると、自分を現実としっかり向き合わせることができた。ときには朝食に何を食べたかまで記しながら、私は次から次へとページを埋めていった。いま振り返ると、それは自分が生きていることを確認する方法だったように思う。重要な内容を含むものをここに引用して、私自身が驚きとともにあとから知った事柄を付け加えておきたい。

二〇〇五年一月十三日　木曜日

午前十時、ノーシュテッツで会議。ノーシュテッツは、スティーグの作品を扱ううえで私がどんな立場にあるかを法律家に質問し、彼らから報告書を受け取っていた。その内容を知った私は、スティーグが言っていた会社について報告書には何の言及もないようですが、と指摘した。そして、あろうことか、その会社の設立手続きが始まってさえいないことを知らされたのだ。ショックを受けながらも、私はスティーグから聞いた内容を説明し、彼と私はノーシュテッツが設立するその会社の共同所有者になるのだから、実質的な夫婦関係にあることを証明する契約書は不要だと、二〇〇四年三月の時点で考えたのだと訴えた。スヴァンテ・ヴェイレルは、ノルウェーの出版社が『ミレニアム』の版権を買ったこと、オランダの出版社とも交渉が始まっていることを話すばかりだった。しかしビジネスの話など聞く余裕はなかった。私は打ちのめされていた。スティーグがここまで世間知らずだったなんて！

ヴェイレルは、相続財産の目録を作成している私の弁護士マーリン、そしてスティーグの父親エルランド、弟ヨアキムと連絡を取って解決策を考えると約束した。この先どうなるか見当もつかない。

帰宅後、今日の会議で知ったことすべてをメールでヨアキムに伝えた。ヨアキムは、スティーグが望んだとおりに、いまからでも会社を設立する方法がきっとあるはずだという返事をくれた。

一月十五日　土曜日

留守番電話にヨアキムの伝言があった。私は彼に電話して、会社設立の手続きが白紙状態で、自分が存在しないも同然だとわかった木曜日の会議のことを詳しく話した。彼は、すべてが私のものになるという合意をスティーグと口頭でかわしていたことをヴェイレルに言えば充分だろうという。ヨアキムはまた、ヴェイレルからエルランドに電話があったが、エルランドは返事のしようがなかったらしいと言った。夜になって、今度はエルランドから電話がかかってきた。『エクスポ』の新しい責任者になったペール＝エリック・ニルソンに、ノーシュテッツとの関係を含めすべてを任せるという私の意見に異存はない、ということだ。

翌日ペール＝エリックと話をして、私の交渉役を頼んだ。法律家でもある彼は、裁判官、オーロフ・パルメ内閣の法制局長（オーロフ・パルメは一九六九〜七六年、および一九八二〜八六年のスウェーデン首相）、議会のオンブズマンを歴任していて、自分ひとりでは対応できない事柄をそういう人に担当してもらえることに私は胸をなでおろした。

今年は一月十日からファールンでの仕事が始まっていて、ストックホルムにいるのは週三日だけなので、ペール＝エリックとは一月二十一日に『エクスポ』のオフィスで初めて会うことになった。

ヨアキムにメールで経過報告をし、ペール＝エリックから彼とエルランドにいずれ連絡が行くはずだと伝えた。ヨアキムは励ましの言葉とともに、問題の解決を経験ある法律家に任せたことは賢明だという返事をくれた。結婚していた場合と同じ条件を認めさせるやり方があるにちがいない、と彼は強調していた。そして体を大事にするようにという言葉でメールを結んでいた。

二月半ば、相続財産の目録ができあがった。しかしエルランドとヨアキムは約束の時刻になっても現われなかった。

二月二十二日　火曜日

まる一日オフィスで書類を整えたが、思いのほか仕事がはかどった。もう少し情報が欲しくなって、ＥＵが作成している要綱をじっくり調べたほどだった。

帰宅後の晩は、何もかもが静かで穏やかだった。静寂の中で自分と向き合っているうちに、突然泣きだしてしまった。心の底からこみ上げてくるような、深い涙だった。失ってしまったものが一度に思い出されてきただけでなく、耐えがたいほどの不安に襲われたのだ。昼のあいだは静けさや悲しみの入り込む余地はなく、不安は抑えつけられていた。しかし夜になると不安は頭をもたげ、そろそろと手足を伸ばし、私の中にいすわってしまう。

三月二十日　日曜日

数週間前から心理カウンセラーに診《み》てもらおうと決めているが、昨年十二月に東南アジアで起きた津波のため、公共のあらゆるケアサービスがこの災害の被害者を優先するかたちで提供されていた。スティーグの死から四カ月が過ぎたころ、私はようやく民間の女性カウンセラーを見つけた。今日が初対面の日だった。長いあいだ自分の苦しみを言葉にできなかったあとで、急に話をするよう求められている。やはりうまく話せない。いまの状態を、銃弾を撃ち込まれたような感じがすると言い表わすのが精一杯だった。

三月に届いた何通ものメールで、ヨアキムは相続費用と銀行口座の残高について書いていた。『ミレニアム』の第一部がヴェイレルから届いたとも書き、私にも届いたかと尋ねていた。私にとっては思いがけない話だった。三月二十四日以降、ヴェイレルからはメールも電話も来ていない。

三月二十九日　火曜日

復活祭の週末のあと、短い日数のためにだけファールンに戻る気がしなかったので、二日半の休みをとった。私はストックホルムに残ってマンションの模様替えをすることにした。客用の寝室にもしているスティーグの書斎の本を片づけ、内装を新しくしたい。作業を始めるうちに、彼の人生が私の両手を通り過ぎていった。蔵書をより分けていると、彼の熱っぽさと飽くなき好奇心がひしひしと伝わってきた。涙があふれてきて、作業を中断するしかなかった。ふたたび片づけはじめても、すぐに絶望が襲ってきた。灰色の海の中を漂っているような気がする。そら恐ろしくなるほど悲しかった。

四月五日　火曜日

午後ヨアキムにメールを書き、スティーグの相続財産の申告を猶予してくれるよう税務署に電話で求めた結果、六月十六日まで待ってもらえることになったと伝えた。それ以上の猶予を希望する場合は書面で申請しなくてはならなかった。同じメールで私は、スティーグの書類を整理する元気はまだないが、領収書の類いは見つけておくつもりだと書いた。

スティーグの職場の会計担当者に助力を求め、控除の対象となる領収書とすでに職場で清算済みの領収書を区別したいとも書いた。彼にはこれまでの申告でも世話になっているので、唐突な頼みではないはずだ。

さらに私は、二週間に一度カウンセラーのもとを訪れているが、ヨアキムも言っていたように、カウンセラーとの対話で自分をよく知ることができるのでいい選択をしたと思っている、と打ち明けた。自分が何なのかがあいまいになっている現在、これはきわめて大切なことかもしれない。次のことも付け加えた。このところ私は気弱になっていて、日によっては家を出られず、出勤できないときもある。スティーグがいないのは言葉にできないほどさびしいが、しっかり生きること、彼の遺志を受け継ぐことをスティーグが願っているのは承知している。しかし、スティーグを失ったことは自分の半分を失ったのに等しく、言うのは容易でも実行するのは難しい……。

メールの結びで私はマイによろしくと記し、あなたもスティーグに似て〝嫌だ〟と言えない性格だから、スティーグと同じ運命にならないよう自分をいたわって仕事し、くれぐれも健康に注意するようにと書いた。
このメールには返事が来なかった。一カ月後、私はその理由を知った。

五月九日　月曜日

今朝、封筒に〝お知らせ〟と書かれた手紙が税務署から届いた。四月十四日にヨアキムとエルランドが税務署に届けた相続と遺産分割の明細書によって、スティーグと私のマンションの半分を含め、遺産のすべてが彼らのものになるという通知だった。彼らはノーシュテッツの前払い金のうち十万クローネ（一万九百四十ユーロ）をヨアキムの子どもたちに与え、私には見積もり額千二百クローネ（百三十一ユーロ）の家具類を譲るとしていた。そのときになって、私は四月十三日のことを思い出した。その後どうなっているかを教えてもらおうとスティーグの父エルランドに電話したところ、自分は何も知らない、全部ヨアキムに任せてあるから彼に電話してくれという返事だった。エルランドは冷淡でよそよそしかった。その翌日、彼らは税務署に遺産の申告をしたのだ。

これはスティーグに対する侮辱ではないだろうか。彼の人生、そして三十年に及ぶ私たちの人生への侮辱だ。私は怒りと憤激、絶望とパニックに引き裂かれるような思いがした。かりにエルランドとヨアキムが、所有権の半分をスティーグが持つこのマンションを要求してきたら、私には買い戻すだけの財力がない。そうなったらどこへ行けばいいのだろう？

ファールン行きの列車に乗る前、ペール＝エリック・ニルソンに電話して税務署からの〝お知らせ〟の話をした。結局彼は何もしていなかったのだ。私の話を聞いて、ペール＝エリックは行動を起こすことを約束した。

五月十四日　土曜日

書類を整理していたときにスティーグの署名がある契約書の原本が見つかったので、昨年十二月にこれを執拗《しつよう》に求めていたスヴァンテ・ヴェイレルに電話した。不思議なことに、彼はもはや契約書に興味を示さなかった。そればかりか、信じられないことに、ノーシュテッツがスティーグの作品を管理するのが最も望ましいやり方だと口にした。

その後しばらくして、妹のブリットから電話があった。税務署の手紙の件でエルランドと話をさせてほしいという。私が断わると、彼女は堰《せき》を切ったように話しはじめた。「エヴァ、私はあなたが知らないことを知ってるのよ。あなたが話を聞ける状態じゃなかったから、ずっと黙っていたの」。スティーグの葬儀が行なわれた昨年十二月十日の晩、知人がブリットに会いにきてこう言ったというのだ。「目を光らせていたほうがいい。彼らは自分たち以外の者には一銭も渡さないと言ってるからね」。私は携帯を持ったまま身動きができなくなった。初めから結果が決まっていたというわけか。

ブリットはエルランドと話し合おうとしてみた。彼は私が心を病んでいると言ったらしい。『エクスポ』にお金を贈ろうとしているのがその証拠だという。「姉はスティーグを記念する財団を計画していて、そちらにもお金を出すそうですよ。どう思います？」とブリットは尋ねた。彼は長いこと黙っていたという。実際、彼は誰に何を与えるのも嫌なのだ。『エクスポ』を経済的に助けようとしたのはスティーグだから、エルランドの論理でいくとスティーグも心を病んでいることになる。

こうした事情が周囲に知られるようになると、友人たちから心温まるメッセージが届きはじめた。なかには、マンションのラーソン家の所有分を私が買い戻せるよう、借金の保証人になると申し出る人もあった。少なくとも自分は友人にはめぐまれている、と実感できた。

スティーグが死んで六カ月になるが、私はまだほとんど立ち直れていない。今日はカウンセラーのグループヴスタードと、幼い頃から私の心に刻み込まれた確信について話し合った。このうえない幸福のあとには必ず、同じくらい深い不幸がやってくるという確信だ。彼女は、そんなことはけっしてない、いま気分がいいのならつらい運命を思い描いたりすべきではない、と言った。家に帰ったとき、ほんの少し気持ちが軽くなっていた。私はランプシェードが黄色のガラスでできた新しいスタンドを出して、白く塗った窓台に置き、初めて灯《とも》してみた。それからスティーグの書斎で棚を組み立て、木造の小さな家の前で祖父母と写っている子ども時代の彼の白黒写真と、いっしょにその家を訪れたとき私が撮った台所の内部の写真と、私自身が写った写真を置いた。そして写真の中のスティーグに、見守っていてねと頼んだ。涙がこみ上げてきて、しばらくのあいだ、うつむいて泣いた。

六月七日　火曜日

ラーソン家の人々が住んでいるウメオのフォレーニングス銀行から、スティーグの住宅積立貯金のうち彼らが使ったあとの金額が私の口座に振り込まれた。千二百九十クローネ六十三オーレ

（百四十一ユーロ二十四セント）。何という軽い扱い、何という侮辱だろう。この送金を除いて、エルランドもヨアキムもまったく音沙汰なしだ。

六月十日　金曜日

ハンデルス銀行に行き、スティーグと私の共同名義の口座から、遺産目録を作ってくれた弁護士に払う報酬八千六百四十クローネ（九百四十五ユーロ）を引き出した。さらに、残った三万クローネ（三千二百八十二ユーロ）から一万五千クローネ（千六百四十一ユーロ）を、自分の判断でもらうことにした。どうなろうと知るものか。ラーソン親子とはもうかかわりたくない。

正式な結婚をしていない男女に関する法律を修正してほしい。同じ生き方をしているほかの人たちに、私のような不当な扱いを受けてほしくないのだ。そんな思いから、社会民主党の代議士ロニー・オランデルと、緑の党のグスタフ・フリドリーンに電話をかけた。フリドリーンはびっくりして、詳しい話をメールで教えてほしいと言った。

六月十一日　土曜日

スティーグの書斎の床を張り替えるため書類の山をリビングに移しているとき、イカノ銀行の証書が見つかった。スティーグの生命保険をこの銀行に移していたことを私はすっかり忘れていた。これがあればファールンとストックホルムとのあいだの交通費がまかなえるから、来週木曜日に予定されている『エクスポ』の幹部会議に出席できる。列車の運賃は昼の時間帯のほうが高く、夜間の二十六ユーロが六十九ユーロにはね上がる。私の口座にはそれだけの残高がなく、次の給料日は二週間先だった。

床の張り替えは大仕事だ。ひび割れをパテでふさぐ必要があるので、専門の業者を呼ばなくてはならない。書斎を模様替えするのはたいへんな作業だが、自分でやり遂げなければならない。これは外部に委託するわけにいかない作業だ。苦しみを人に委《ゆだ》ねることはできない。小物や蔵書など、スティーグが残したものをほかの部屋に移動したので、この家の至るところに彼の存在が感じられるようになった。彼が何に関心を抱き、どんなことをし、どんなものに情熱を傾けたかが思い出される。心が騒ぎ、胸が痛んだ。

七月二日　土曜日

床の張り替えを再開する。床板の上で、私は涙が止まらなかった。くたびれて膝をつくと、板の継ぎ目を涙が流れていく。なんて悲しいのだろう。スティーグが生きているうちにこの模様替えをやっておくべきだった。彼はさぞ喜んでくれただろう。しかし私はいまこそこの部屋を新しくしなければならないのだ。ハルマンを論じた本を書き上げ、念願のスティーグ・ラーソン財団を準備するために。とはいえ、どんな計画も、このマンションに住みつづけられたとしての話である。こんな不安を抱えながら生活するのは耐えがたかった。ペール＝エリック・ニルソンはラーソン親子とスヴァンテ・ヴェイレルに提案を申し入れた。私が著作者人格権を譲り受けてスティーグの作品を管理するという案を提示し、マンションの問題についても打診した。返答はなかった。三月以降、ラーソン親子からもノーシュテッツからもまったく連絡がない。

『ミレニアム』のオーディオブックが七月中に発売されると知らされた。二〇〇四年十二月にヴェイレルと会ったとき、そういう計画があるという話は聞いていた。しかしオーディオブックについてスティーグとノーシュテッツは契約を取り交わしていない。

七月二十日　水曜日

夏期休暇の第一週。『ミレニアム』映画化権のオファーをストリックスという製作会社が出したのに対して、ノーシュテッツはもっとしっかりした会社を希望して断わったという。私はノーシュテッツが作成した『ミレニアム』の契約書を取り出して、出版社側にそうした権利があるのかどうかを確かめた。契約書を見るかぎり、彼らにその権利はなかった。オーディオブックについても同様だ。事実スティーグは、出版関係の友人や同僚と話し合ったあと、ノーシュテッツには映画化権の代行を頼まないことに決めたのだった。『ミレニアム』を映画化するとしても、第一部刊行の二、三年後、すなわち二〇〇七年か二〇〇八年に決断したい、と彼は考えていた。スティーグは映画が質の高いものになるように、エージェントと製作会社をアメリカで探すつもりだった。だから、二〇〇四年四月に署名した唯一の契約書で、彼は映画化権の欄に印をつけなかった。奇妙なことだが、そもそも契約書がパン・エージェンシー（ノーシュテッツの系列会社）に認めているのは外国に版権を売る権利のほかは、ポケット版を刊行する権利だけなのである。

なぜこんなことになったのか思いをめぐらせるうちに、私はありえたかもしれないケースを考えてみた。スティーグに署名を求めるとき、出版社側は二種類の契約書を差し出した。第一はポケット版に関する契約書、第二は本契約書だったが、後者の下に誤ってパン・エージェンシーの契約書が重ねられ、ホチキスで留められていた。第一の契約書の最終ページにサインしたとき、スティーグはポケット版に関することと理解していたので、これは有効である。だが、本契約と思い込んで彼が最終ページにサインしたのは、実際にはパン・エージェンシーとのあいだの契約書だった。それでスティーグは肝腎の本契約にサインしそこなった。ノーシュテッツも私たちも、ずっとそのことに気づかなかった。

私はさらにその後の展開を考えてみた。スティーグが死んだあとで事情を知った出版社は、自らの自由を確保しつつ作品を迅速に出版するため、新たに契約書を作ってエルランドとヨアキムにサインしてもらった。エルランドとヨアキムはまた、映画化権を売る権利を出版社側に認める契約書にもサインしたにちがいない。確かに、これは推測にすぎない。しかしスティーグが生きていたら、自分のイメージと作品を家族や出版社に自由に使わせるとはとても考えられない。あまりにばかげたことだし、彼のように独立心の強い人間にそんなことができるはずはない。私が彼の作品すべての著作者人格権を得たいと願う理由はそこにある。とくに念頭にあるのは『エクスポ』と『サーチライト』に書いた記事と、極右をテーマとする著書などだ。

休暇二週目を過ごすための荷造りを終えた。明日ストックホルム群島に出発する。ティーバッグ二百五十グラム、マスタード、トマトを練り込んだパスタ、クスクス、塩とこしょうのブレンド、オリーブオイル、酢、そして台所用洗剤を揃え、戸棚から引っぱり出した小さい容器に入れていった。

それから、マックと名づけたコアラのぬいぐるみと、模造皮革のカバーが付いたA4判のノートを荷物に加えた。クレッテルムーセン（アウトドア用品のブランド）のジャケットには羅針盤《らしんばん》とサバイバルナイフを入れた。ポケットに護身用スプレーをしのばせることも忘れなかった。

八月四日　木曜日

限りないわびしさを感じている。この気持ちはスティーグなしで過ごす休暇の一週目、七月十九日に現われて、以後ずっと私から離れてくれない。何もかもがわびしい。オレンジ色、金色、黄土色、赤褐色という順序で変化していく夏の夕映えを見ても、わびしさが募るばかりだ。慣れ親しんできた生活は終わった。これからの生活も、自分が想像するようにはいかないだろう。いっそ早く終わってくれればいい。何の楽しみもなく日々を過ごすよりも。

八月十日　水曜日

相手側に提示する案を私が読んだかどうか確認するため、ペール＝エリック・ニルソンが電話をくれた。できるだけ私の利益になるように努めたという。「きみがこだわっているのはお金じゃなくて、著作者人格権を認めてもらうことなんだね？」と彼は念を押した。私はあらためて、そのとおりだと答えた。

八月十二日　金曜日

午後遅く、スヴァンテ・ヴェイレルが映画化権に関する私の質問に答えた。エルランド・ラーソンとヨアキム・ラーソンは確かにノーシュテッツと契約を取り交わしたという。私は我を忘れるほどかっとなって、ペール＝エリック・ニルソンの留守番電話に「あなたがノーシュテッツから聞いた話とは逆に、ラーソン親子が映画化権を認める契約にサインしていたことがわかった」

とメッセージを入れた。

数日後、イエローバードという製作会社が近く『ミレニアム』を映画化するという記事を『シュードスヴェンスカ・ダーグブラーデット』（スウェーデン南部スコーネ地方の新聞）で読んだ。

八月十六日　火曜日

ついにヨアキムに電話してマンションをどうするのか尋ねた。思いもよらないことに、彼はいっしょに住めば不都合はなくなると答えた。そして、あなたにそうする気持ちはないだろうけど、と付け加えた。

そのあとでようやく、彼はマンションを私に譲るつもりだと告げた。ただし、スティーグ関係の書類にこれ以上時間を奪われたくないから、書類の作成は自分でやってほしいという。信じていいのだろうか？

次の週、昔からの知り合いに会うため妹のブリットとエンネスマルクへ行った。ウメオ近郊にあるエンネスマルクは、私が子ども時代を過ごした土地だ。スティーグの父と弟にも会おうとしてブリットが電話をかけたが、彼らは忙しさを理由に難色を示した。結局、街のレストランで会うことになった。ラーソン親子が天気の話しかしないので私は業を煮やし、スティーグの作品のいちばんいい管理のしかたを話し合いたくてこの場を設けたのだと言った。しばらく考えたあとでヨアキムは、権利を買った映画製作会社には映画化にあたって登場人物を脚色する自由があるので、私が著作者人格権を持つようになれば製作会社と衝突するおそれがあると説明した。私たちがそのほかに何を提案しても、スヴァンテ・ヴェイレルと相談してからでないと何も言えないと答えるばかりだった。続いて彼は、マンションの所有権については前に言ったとおり譲ることに決めているが、手続きは私のほうでしてほしいと念を押した。私は履行期限を尋ねたが、彼は答えなかった。バス停のそばで別れるとき、エルランドは、将来私が結婚するかもしれないことが自分たちにとって問題なのだと説明しはじめた。「スティーグ以外の人と結婚しようと思ったことはありません」と私は言った。するとヨアキムが、エルランドと結婚してはどうか、そうすれば遺産相続の問題はきれいに片づくから、と言いだした。あまりのことに私は茫然と立ちつくし、ブリットはヨアキムをにらみつけた。ヨアキムは「もちろん、肉体関係をともなわない形式上の結婚でいいんだ」と付け加えた。

八月二十三日　火曜日

スヴァンテ・ヴェイレルからメールが届いた。スティーグの小説の映画化権を買ったイエローバードのプロデューサー、ウーレ・ソンドベリが私に会いたがっているらしい。脚本作りがまもなく始まるので、参考になる情報があれば何でも欲しいのだという。ヴェイレルはまた、『ミレニアム』を扱った書評はどれもすこぶる好意的で、予想以上の好調な出だしだと書いていた。

いま私にわかっているのは次のことだ。

——ヨアキムは二枚舌である。

——エルランドは彼にやりたいようにやらせている。いままでずっと、エルランドはヨアキムこそ自分の息子だと考えてきた。スティーグに対しては父親の感情はないのだ。

そこで次のように決めた。

——エルランドとヨアキムとはきっぱり関係を断つ。

——スティーグが言っていたように〝友を苦しめた相手に復讐する〟。

——頼れる人を探して力になってもらう。

九月九日　金曜日

ベリクヴィスト法律事務所のエリカ・ストリービーにマンションの贈与証書の作成を依頼した。

今日彼女はラーソン親子に証書を送った。

九月十三日　火曜日

スヴァンテ・ヴェイレルがノーシュテッツの編集部長の職を去り、エヴァ・イェディーンが新しい編集部長に就任した。ラーソン親子からは連絡がない。

スティーグが死んで十カ月になる。彼の父親も弟も、スティーグがどこに埋葬されているのかいまだに訊いてこない。

弁護士がマンションの贈与証書を送ってから何日も経つが、返事はない。自分の意向を無視して出版社が作品を映画にしようとしていることをスティーグが知ったら、彼は毅然《きぜん》とした対抗措《そ》置《ち》をとるだろう。自分の父親と弟が私にしていることを知ったら、彼はひどく傷ついて、とことんまで私の無念を晴らそうとするだろう。私を苦しめることは彼を苦しめることと同じなのだ。

十月七日　金曜日

パン・エージェンシーでイエローバードのスタッフとの会合があった。

脚本家のラーシュ・ビョルクマンが単刀直入に質問してきた。「第四部を読みましたか？」私は「いいえ」と答えた。最初の議題が片づいた。

しばらくすると新しい質問を受けた。「スティーグは相当たくさんの情報を集めたはずです。どんな資料を参考にしたのでしょう？」私は持ってきた袋からスティーグが書いたものを取り出した。極右をテーマにした著書、『サーチライト』に書いた最後の記事、CRIDA（民主主義と自治に関する研究・情報センター）、テルアビブ大学、そしてCRISP（社会と政治に関する研究・情報センター）のために作成した報告書などだ。「ご覧になりますか？」と私は言って、それらを差し出した。そして、目を通している彼らに話しかけた。「そこには名前、人物、出来事、詳しい解説が出ています。スティーグの人生をかけた仕事がそこにあり、彼が参考資料にしたのもその著作や記事です。彼のミステリはこうした著述活動から生まれたのです」。これで第二の議題が片づいた。

『ミレニアム』の舞台となった場所や登場人物の住所にも話が及んだ。私は、建築家という職業の強みを生かして作品の設定にふさわしい住所を見つけだしたことを打ち明けた。次に登場人物が話題になった。「ボクサーのパオロ・ロベルトのような有名人以外にも実在の人物がいるのですか?」と誰かが質問した。「います」と私は答えた。「あの語り口は何に由来するのでしょう?」この問いには私も熱心に答えた。あの小説の雰囲気が通常のミステリと違っているとすれば、彼がヴェステルボッテン県という聖書の影響の強い土地で育ったことが作用していると思う、と説明したのだ。すると出席者のひとりがうなずいて、「私はペール・オーロフ・エンクヴィスト[原注]の娘なんです」と言った。これには驚いてしまった。

会合はなごやかに終わり、別れぎわに製作会社のスタッフから、イースタの撮影スタジオにいらしてくださいと言われた。映画化に協力するかどうかについては、私ははっきりした返事をしなかった。

原注　ヴェステルボッテン県出身のスウェーデンの現代作家。

十月十九日　水曜日

午後八時ごろペール＝エリック・ニルソンが電話をくれた。彼はウメオのスヴァンストレム弁護士を通じてヨアキムとエルランドの返事をファックスで受け取ったところで、文面を電話口で読み上げげた。以下のような内容だ。

――スティーグの作品の著作者人格権を認めてほしいという私の要求に対する答えは〝ノー〟である。したがって、ノーシュテッツと協力するかたちで、引き続きラーソン親子が作品の扱いを決める。あるいは彼らが選んだ人物にそれを委《ゆだ》ねる。

――マンションを贈与するのか、という問いへの答えは〝ノー〟である。ただし、私が『ミレニアム』第四部の原稿をノーシュテッツに渡すなら、別の対応がありうる。その場合は著作者人格権の問題についても検討する用意がある。

――マンションの住宅ローンの残額のうちスティーグが負担する分については、彼の生命保険の保険金から差し引くものとする。

最後にラーソン親子は、スティーグの積立金と家具、そして保険金を私に与えるのだから、自分たちは〝思いやりを示した〟のだと強調していた。しかし生命保険は私が受取人になっていて、相続財産に組み入れるべきものではない。

「頭にくるわ！」と私は叫んだ。「ああ、きみの言うとおりだ」とペール＝エリックは答えた。

彼らが新しい要求をしてきたのは、十月七日の映画製作会社との会合で私が非協力的な態度をとったことと関係があるのだろう。

すべてが振り出しに戻ってしまった。眠れなくなるのはこれで何度目だろうか。ベッドに横たわっても全然眠れなかった。起き上がって煙草を吸い、ふたたび横になり、また起き上がるうちに空が白みはじめて、頭がずきずき痛んだ。やがて、食べものがのどを通らなくなった。前に逆戻りだ。何度同じことを繰り返せばいいのだろう。

十月二十日　木曜日

ノーシュテッツのエヴァ・イェディーンとパン・エージェンシーのマグダレーナ・ヘードルンドにメールを書いて、エルランドとヨアキムから受け取った返事の内容を伝えた。ラーソン親子が私に著作者人格権を認めない以上、映画化にあたって求められた情報は今後ラーソン親子が与えることになるのでイエローバードにそう伝えてほしい、とも書いた。返事はなかった。

十月二十一日　金曜日

P＝E・ニルソンに会ったが、期待はずれでがっかりさせられた。状況が行き詰まっているばかりでなく、彼から「第四部の件を考えてみてはどうか」と言われたのだ。私はかっとなって答えた。「渡すものですか！　第四部が入っているかもしれないパソコンは『エクスポ』の所有物で、そのデータは憲法で保護されているのよ。ジャーナリストとして活動していたときにスティーグが接触した相手、情報提供者、情報の出所が全部あのパソコンに記録されてるの。そういう重要な資料を部外者に渡すなんてとんでもない！」

ペール＝エリックは孫の世話をしなくてはならないと言って帰っていった。私はくたくたになった。これほど孤独を感じたことはなかった。

十月二十六日　水曜日

もう考えることも、頭を働かせることも、仕事することもできない。人事部長に会いに行くと、事情を察してくれた。「帰りなさい。自宅にいたほうがよくなるだろう」。ストックホルムに向かう列車の窓から、秋の田園風景を見つめた。収穫の時期を迎えた田園は密度が濃く、重く見えた。栗色、緑、黄土色、黒といった色に染まっている大地は、成熟と同時に疲労を感じさせた。秋は私に似ていた。私もまた、疲れていながらも闘いつづけたい気持ちでいっぱいだった。スティーグのために。彼自身がそうするように。彼が私にそう促《うなが》すように。

家に着くと、私はすべての電話の接続コードをはずし、しばらくのあいだメールも読まないことにした。一年ぶりに休息をとり、詩を読み、じっくり考え、散歩し、メーラレン湖を眺めることにしよう。スティーグのために書いた私のニードはあの水の中を流れている。そう思うと心が満たされた。この静かな家にスティーグが帰ってきている。ここには彼のための場所があるのだからそれも当然だ。『ユー・アー・オールウェイズ・オン・マイ・マインド』（イタリアの二人組グループ、ラジオラマの曲）を聴きながら私は泣いた。そして彼に話しかけた。彼の命ともいえる仕事を守れなかった自分が情けなかった。彼を裏切ってしまったような気持ちだった。

十月三十一日　月曜日

十時ごろ目を覚まして、水の流れを見にフルスンド水道へ下りていった。そしてスティーグの墓石にふさわしい石を探した。どんな石がいいだろう？　それを目にすれば、きっとぴんと来るはずだ。まず水の中にある石を物色したが、見つからなかった。歩きつづけるうちに、なめらかで手ざわりがよく、黒い筋がついた大きな赤い岩の前に来た。その岩はスティーグを思わせた。やさしさと野性味を兼ねそなえ、強固で揺るがぬ信念を持っている。そして感受性の鋭敏さは、彼をよく知る者には一目瞭然だった。岩からちょうどいい大きさの石を取り出す方法はなかった。それも当然だと考えた。この岩はスティーグと同じように完璧な個性を持っているから、分けることはできないのだ。岩の一部を持ち帰ろうとはもう思わなかった。岩はここにある。スティーグのように毅然《きぜん》とした姿で。

夕方、私はふたたび外出した。森に足を踏み入れると、肩がひんやりした。新鮮で酸《す》っぱいコケモモを摘《つ》んだ。ブルーベリーも摘んでみたが、凍っていて味がなく、ちっともおいしくなかった。木々に残る黄色い葉の隙間から、十月の太陽の光が射していた。悲しい女にふさわしい秋晴れだった。私は苔《こけ》を踏みながら円形の丘を上った。歩き心地はよかったが、どこにも通じていない道だった。

〃ともかく光が当たっている方向へ進もう〃と思った。

丘の頂上にはとくに見るべきものがなかったが、しばらく日を浴びながらたたずんだ。〝私は取るに足りないつまらない人間だ〟と思った。

スティーグが死んでから、彼を守ることだけを何より大切にしてきたのに、それに失敗してしまった。この失敗は彼に対する裏切りと同じだった。私にはもう闘いつづける気力がなかった。涙が頬から顎《あご》を伝い、コートの生地を濡らした。「ごめんなさい、ごめんなさい」。私はそう繰り返した。

そのとき不意に、何の音かわからない奇妙な物音を耳にした。顔を上げると、大きなカラスが近くにいるのが見えた。カラスは無頓着《むとんちゃく》に悠然と私の頭上を通り過ぎ、三日月のようなカーブを描いて飛び去っていった。いままで遠くへ出かけていて、巣へ帰る途中、私にこう言うためにわざわざ遠まわりしてくれたかのようだった。「よし、わかった。それが本当に大事なことなら引き受けよう」。カラスは音楽を奏でるような低い声を長いこと私に聞かせてくれた。突然私は、スティーグのために書いたニードの中で、オーディンと二羽のワタリガラスに、スティーグを苦しめた卑劣漢や陰険な連中や冷淡な者たちの頭、目、心臓をついばんでくれるよう頼んだことを思い出した。

あまりに驚いたせいで、私は不安もためらいもなく非現実的なことを思い浮かべた。〝オーディン、私のためにカラスをよこしてくれたのね？〟

カラスの言葉はわからなくても、そのよく通る声は私の心に届き、絶望を和らげ、落ち着きをもたらしてくれた。まるでこう言われたみたいだった。「何もかもうまくいくさ。もう心配はいらない。そろそろ帰ったらどうだ？」私は睡眠不足と不充分な食事のために足をふらつかせながら家路についた。しかしもう孤独は感じなかった。スティーグが支えてくれている。ユー・ワー(were)・オールウェイズ・オン・マイ・マインド。そうよね、スティーグ。私といっしょに過ごす時間がほとんどなかったときも、あなたの心にはいつも私がいたのよね。私の心にあなたがいたように。その晩私は、いま大切なのはつぶれないことだ、というふうに考えた。

帰ってから何通かメールを書き、元気にしていること、しばらく連絡を断っていたのは落ち着いて考える時間とゆっくり休める環境が必要だったからだということを知らせた。

十一月三日　木曜日

固定電話と携帯電話の番号を変えてもらった。これからは、友人と家族を除いて、ペール＝エリックかもうひとりの弁護士に取り次いでもらわなければ誰も私と連絡が取れなくなる。手続きを終えて店を出るとき、驚くほど身が軽くなっていた。

それからかかりつけの医師のところへ寄った。診察した彼女は私の状態にびっくりして、薬と二カ月の休養が必要だと言ったが、私は薬を断わり、一カ月のあいだ勤務時間を短縮してもらうと答えた。心をうつろにしないためにも仕事は続けたかった。そして充分に休み、ふつうの生活を送りたかった。

十一月九日　水曜日

今日は〝水晶の夜〟と呼ばれる事件が起きた日で、初めて迎えるスティーグの命日でもある。昼のあいだ、私は写真を使ったスピーチの原稿を書いた。それから、黒のパンツ、古着店の〈ミューロナ〉で買ったリネーア・ブラウンのブラウス、ファールンの蚤《のみ》の市で見つけたスエードのジャケットを身につけた。髪をほどき、少し化粧をした。

追悼の集いの会場は〈シルケルン〉というレストランだった。出席者にはコーヒーと菓子がふるまわれた。

最初に口をきった『エクスポ』のダニエル・ポールは、スティーグについて際立った思い出はないが、人の話をじっと聞いている彼の姿が目に焼きついていると話した。「私たちにはつまらない人物と思える相手も含めて、スティーグはあらゆる人の話に耳を傾けました。たとえば、ブローグーラ・フローゴル（スウェーデン国旗の色をふまえた〈青と黄の問題〉という名称の政治組織）のヤン・ミルドなんか相手にするなと、私たちは絶えず彼に言ったものです。『彼と話すのは時間の浪費だよ』とね。しかしみなさんご存じのとおり、ヤン・ミルドはその後民主党の幹事長になりました。これにはみな驚きましたが、彼に耳を傾けたスティーグには予感があったようです。民主党の多くの幹部がスティーグの死を心から惜しんでいますが、それは彼が話をじっくり聞いてくれたからです。スティーグはそんなふうに、人の話をよく聞く男でした」

私は目をみはった。ダニエルの上品さと自信、そしてすぐれた知性に改めて感心した。

やがて順番がまわってきた。私は落ち着いて話しはじめた。

まず、スティーグとともにした歳月が仕事では三十二年、生活では三十年に及んだこと、人間は偶然によって行動するのではなく、生活の中のあらゆるものに導かれて行動するものだということを話した。そして、スティーグの作品を理解するには彼が何者であるかを知る必要があると付け加えた。続いて、幼い彼が祖父母といっしょに写っている白黒写真、それより何年かあとの、かまどのある台所で撮られたカラー写真、自転車をはじめいろいろなものを直すのが得意だった祖父の仕事場で撮影されたカラー写真をスライドで見せた。世の中の進歩とは無縁の貧しいこの人たちを、スティーグは社会の隅に追いやられた存在と見ていたのだ、と私は説明した。そして、将来そうした立場に陥る可能性が、さらに歴史の流れによっては命の危険にさらされる可能性が誰にでもあると訴えた。ストーシエンをはじめとするスウェーデンの収容所とデンマークの収容所の話、そこにいた人々がテレージエンシュタットの要塞に、あるいはアウシュヴィッツなどの絶滅収容所に移送されて殺された話をした。私は正確な日付、収容されていた人々と命を落とした人々の数を挙げた。その日の朝に得たばかりの情報だった。それから、祖父に抱かれた赤ん坊のスティーグの写真に戻って、スティーグから聞いた話を伝えた。かつて祖父はストーシエンに収容されながらも奇跡的に生きのび、やがて幼い少年をかわいがり、少年から父親のように慕われることになったのだと。スティーグがまだ小さかったころ祖父は〝水晶の夜〟の事件を語って聞かせたが、そうした子ども時代に彼の政治的立場の根があるのだ、と説明した。

スティーグを記念する財団を創設したいという話もした。毎年、功績のあったジャーナリストまたはカメラマンに賞を授与することを目的とする財団だ。私はお気に入りの彼の写真の一枚、私自身があおりで撮った、陽光を浴びて上体をそらしている彼が目を細め、レンズを見てほほえんでいる写真を披露した。写真の下には、刊行されなかった『エクスポ』一九九七年十二月号の社説から引いた一文を前もって付けておいた。〝われわれは知っている。自分たちのしていることが必要だと〟

最後に話したのは、一九九七年当時『エクスポ』が危機に瀕していて、破綻《はたん》を防ぐだけの個人資金がなくなり、編集スタッフが疲れきっていたことだった。自分たちの活動が〝必要〟であるとスティーグが書きつけた意味を、いまはみんながわかってくれると思った。

このつらい日にしっかりと行動できたこと、温かい友人たちに囲まれて、悲しみにとらわれずに落ち着いて話ができたことに私は満足していた。

今年の十一月九日は哀悼の日ではなく、崇高《すうこう》な意志の日となった。

十一月二十三日　水曜日

ラーソン親子の弁護士から手紙が届いた。相続財産の分割とマンションの贈与について記した同封の合意書にサインしてほしいという。合意書には、スティーグのパソコンを引き渡すことがマンション贈与の条件とされていた。

同じ手紙で弁護士は、ラーソン親子がスティーグ追悼の集いに招かれなかったことを不満に思い、ノーシュテッツも連絡を受けなかったのを残念がっていると書いていた。彼はまた、自分たちが見たところ、私の追悼スピーチはジャーナリストとしてのスティーグにしか触れていないと指摘していた。だがそれは、スティーグのしてきたことをまったく理解していない者の言葉だ。

十一月九日の夜はずっと彼の人生の一部をなしてきた。そういう日に、発言者がスティーグであろうと、ほかの誰かであろうと、一九三八年の〝水晶の夜〟以外の話をすることなどとうてい考えられない。スティーグをミステリ作家としか見ない人々は、彼の人間としての奥行きが本当にはわかっていないのだ。

十一月二十五日　金曜日

朝の七時半ごろ、〈イケア〉に注文した品が届いていた。ソファーベッド、マットレス、シーツ、マットレスカバー。すべてが揃っている。

私はベッド用キャスターを買いにフリードヘムスプラン広場の店へ行った。初めに考えていたのは細くて丈の高い、こげ茶色の木製キャスターだったが、それを取りつけるにはベッド枠の端ぎりぎりに穴を開けなくてはならず、枠が裂けるおそれがあるので、代わりに灰色の二重構造のキャスターを選んだ。

十一月二十六日　土曜日

貸していたドリルを取りに友人の家へ行った。穴を開けるためには作業台にベッドの足を固定し、四ミリ径の軸と三・五ミリ径の刃を使わなければならない。ドリルに付いていた軸では短かったので、引き出しにあったもう少し長いものに付け替えた。やがて一台目のソファーベッドに足を取り付ける作業に移り、付け終わると新しい部屋に置いた。そしてマットレス、マットレスカバー、白・黒・グレー・黄土色の格子縞があるサテンのシーツを整えた。私はソファーベッドを窓のそばに運び、背中にクッションを当てて腰を下ろすと、メーラレン湖がハンマルビー運河に向かって静かに湖水を注いでいるのを眺めた。そうしてしばらくのあいだ、物音もたてず、心静かに座っていた。

続いて二台目のソファーベッドを組み立て、それを一台目と向かい合わせに、壁を背にして部屋のコーナーに置いた。こうして、新しい生活にふさわしい部屋ができあがった。ふだんは仕事用の部屋として使い、人を招いたときは夕食後くつろいでもらう空間に、友人を泊めるときは客用の寝室にするつもりだった。窓に近いチーク材の本棚にはスティーグの本を並べた。

私はこの部屋で眠りについた。ぐっすり眠ることができた。周囲にある本のおかげで、温かい世界に包まれて眠っている気持ちがした。

十二月

今月、ヨアキムからブリットに電話があり、私が第四部を出版するならノーシュテッツは第二部と第三部の刊行を見合わせるだろうと言ってきた。

ブリットは彼に、問題のパソコンは『エクスポ』の所有物でスティーグのものではないと説明した。ラーソン親子は明らかにこのパソコンが気になってしかたないのだ。数日後『エクスポ』宛てに、このパソコンがどこにあるのか問い合わせる彼らの弁護士の手紙が届いた（二〇〇六年一月、『エクスポ』の幹部会議が行なわれていた時期にも同じ質問が寄せられたが、その月末に私たちは「わからない」と回答した）。

住まいを追い出される場合にそなえて、私は荷物を段ボール箱に入れはじめた。それでも状況をうまく乗り切っていると思えたので、どんなことにぶつかってももう打撃を受けない自信があった。平常心と精神のバランスがすっかり戻っていた。定期的に会っている心理カウンセラーも、私の立ち直り方が早いと言ってくれた。

今年も残りわずかとなり、一年を振り返る時期を迎えた。しかしまず、私はスティーグとの生活を振り返らなければならない。「私は愛されていた」と題する詩を書きながら、涙が流れた。つきつめて考えると愛される以上に重要なことはないからだ。

一年後
携帯に登録された彼の番号からの
けっしてかかってこない電話を待っている
壁にかかった写真に記録された
けっして向けてもらえない笑顔を待っている
衣装戸棚の上着が思い出させる
けっして受けることのない抱擁《ほうよう》を待っている
それでも聞こえるのだ、彼の声が
絶望に耐えられなくなったとき返事してくれる彼の声が

スティーグが死んだとき、私のただひとつの目的は、埋葬のときの便箋《びんせん》に書いた〝生きのびること〟だった。まもなく訪れる二〇〇六年のために、私は〝もう一度生き直すこと〟と記した。

二〇〇五年から二〇一〇年まで

私は二〇〇七年まで、『エクスポ』の首脳陣と定期的に会って仕事を続けた。スティーグを紹介するウェブサイトの執筆者の人選をしたり、記事を英語に翻訳したりするのがおもな仕事だった。最初のころは『エクスポ』を応援する気持ちを示すため、そしてスティーグを失った悲しみをまぎらすため頻繁《ひんぱん》に編集部まで行った。彼の死によって支援の輪が広がり、『エクスポ』の財政はめざましく好転した。二〇〇四年十二月には早くも自主的な寄付が届きはじめ、二〇〇五年に入ると、〈反ナチ芸術家協会〉が年五十万クローネ（五万四千六百七十一ユーロ）の寄付を六年間続けてくれることになった。いまでは国の文化審議会が報道機関に補助金を支給しており、また『エクスポ』は出版社ナトゥール&クルトゥールと長期の協力関係を築きはじめてもいる。最近では、二〇〇七年に『エクスポ』のオフィスの模様替えを手がけさせてもらった。経費を三万クローネ（三千二百八十二ユーロ）以内に抑えるため、汚れのひどい壁と天井を三カ月かけて洗浄し、塗り直した。床には暖色を使いたかったのでダークレッドを選んだ。そのほかの場所には日常的な白と黒を使った。会議用のテーブルもリサイクル材料を利用して作った。膨大な量のファイルや古新聞が積み重ねられた資料室には手をつけるわけにいかなかったが、オフィスのほぼ全体が簡素ですっきりしたデザインになった。

現在『エクスポ』の代表者は、ラーソン親子と出版社ノーシュテッツが企画するスティーグ・ラーソン賞の選考委員に加わっている。『エクスポ』は生き残り、その歩みを続けている。私もまた自分の歩みを続けるつもりだ。

二〇〇七年の秋から、ストックホルムのマンションが完全に私のものになった。スティーグが亡くなって三年近く経ってから、ラーソン親子が唐突に正式な書類を送ってきたのだ。いままでずっと、私は不安な状態に置かれていた。つねに住まいを引き払う心構えをし、二年以上前から段ボール箱に囲まれて生活してきた。私はほっとして少しずつ荷物を元の場所に戻し、これまで親身になって支えてくれた人々を招いて盛大な新居披露パーティーを開こうと考えた。この五十六平方メートルの空間では、本の数が増えてますます幅をきかせるようになっている。本にとってはもっと大きな家が必要だろう。だが私にはこれで充分だ。私は壁を塗り直し、台所を茶色がかった緑色と白に一新した。スティーグと暮らしていたころの家の面影《おもかげ》はなくなった。昔の生活を垣間見ることに私はもう耐えられなかった。ちょっとしたものを見るだけで彼を失ったことを思い出してしまうのだ。リビングに敷くため中古の絨毯《じゅうたん》も買った。安いだけあって汚れと傷みが目立ったが、イランのカシュガイ族の職人が織ったものだった。木と花々の茂る庭がデザインされ、緑の中をアヒルと思われる動物が歩いていた。よく洗い、傷んだ箇所を繕《つくろ》ってから床に敷き、音楽をかけると、この新しい世界を裸足《はだし》で踏みながらサルサを踊った。家が自分のものになったこと、戻ってこない幸福な時間の名残《なごり》がすっかりなくなったことを、私は肌で感じていた。

私は都市計画部門の、かつて所属していた持続的発展を推進する職場に復帰した。そこは私の世界だった。きつくて大変ではあるが、まっとうな世界だ。現実を作り変える仕事なのでやっていて意味を感じられる。能力を存分に発揮し、自分の判断に基づいて計画を進めることができる。私には何の決定権もない『ミレニアム』産業のバーチャルな現実とはまるで違うのだ。

『ミレニアム』産業は、スティーグの死から七カ月後、二〇〇五年七月にスウェーデンで『ドラゴン・タトゥーの女』が出版されたときに誕生した。そして三部作の成功とともに成長しつづけている（二〇一〇年現在、世界で四千万部以上が売れ、これに劇場用およびテレビ用映画、オーディオブックの収入が加わる）。こうした現象にともなって、『ミレニアム』のスティーグという伝説が現われた。彼に関する根拠のない話、事実に反する話が、活字と肉声によって次々に語られるようになった。たいていの場合、語り手は彼をほとんど知らない人物、つまり私たちの生活とは縁のない環境にいて、活動をまったくともにしていない人物だった。私たちは『ピープル』（セレブリティの記事で知られるアメリカの娯楽雑誌）に掲載されたこともないし、オペラや映画の初日に赤い絨毯の上を歩いたこともない。『ニューヨーク・タイムズ』、『ル・モンド』、『ガーディアン』、『エル・パイス』はいまでこそスティーグと『ミレニアム』の記事を載せているが、スティーグの生前にインタビューを申し込んできたことはなかった。スティーグの、そして私の実際の生活はだいたいぱっとしないもので、つねに労多く、ときに危険をともなうものだった。有名人でもないそんな私たちとつきあおうとは思わなかった人々が、いま彼についてさかんに語っている。

『ミレニアム』はすぐれたミステリ作家が作り上げたすぐれた物語というだけではない。この作品に語られているのは、理想を守るために闘う必要性と、屈服することや、金のために自分を売ることや、強者の前で闘いを放棄することを拒む意志である。さらには価値観、正義、言葉といったものの本来の意味におけるジャーナリズム、良心に恥じない正しさ、そして警察官をはじめある種の人々が示す職業上の能力が語られている。倫理もテーマのひとつである。現在スティーグは、バーチャルな現実の独り歩きによって英雄に祭り上げられている。しかし彼の人格は『ミレニアム』を書く前にすっかり形成されていたのだ。スティーグを単純化してとらえる人々は、私を、そして私たちがいっしょに暮らした三十二年間を抹消しようとする。この態度には私に対してだけでない女性蔑視が含まれている。彼が生涯にわたって活動をともにしたのは何よりも女性なのに、スティーグ・ラーソンが話題にされる場で女性の役割が評価されることはけっしてない。二〇〇七年四月、ウィキペディアのスティーグの項目が改変されていたと妹が知らせてくれた。二〇〇六年十一月十八日以降、彼が祖父母と暮らしたことはなく、生まれてからずっと両親に育てられたという記述に変わったのだ。そして、エヴァ・ガブリエルソンは死の直前までの伴侶だった、という箇所が〝死の直前まで定期的に会っていた女性〟という表現に変えられている。相続問題をめぐって経済誌『アテンション』が初めて私にインタビューしたことを知らせるリンク表示も削除された。

二〇〇六年ごろになって、どんな男が『ミレニアム』を書き上げたのか、外国のメディアが関心を抱きはじめた。最初は北欧、次いでヨーロッパ各国、そしていまではアメリカとオーストラリアのメディアがストックホルムにやってきて、スティーグの話を私から聞くようになった。三十年余りにわたって親密な間柄にあった人物なら最も聞くに値する話ができるはずだと、彼らは見抜いているのである。

インタビュアーはきまって、同じ問いを同じ順序で向けてくる。最初の質問はつねにスウェーデンに関することだ。すなわち、『ミレニアム』に描かれている汚職行為、権力の濫用《らんよう》、女性に対する差別と暴力は本当にスウェーデンに存在するのか、という質問である。

作品中の逸話、事件、登場人物のほとんどが実在のものだと答えると、みな一様にびっくりする。ほかの多くの国にとってスウェーデンがつねに理想的なモデルとされているのは不思議なことだ。実際には私の国もほかの国と同じ問題を共有している。インタビューを受けながら気づいたのは、平等で進歩的な人権の国というスウェーデン観が『ミレニアム』によってくつがえされたことだった。

続いて外国のジャーナリストは、自分たちにとって理解しにくい事実として、これほど長い歳月をともにしたにもかかわらず私がスティーグの配偶者とみなされていないのはなぜか、という質問をする。スウェーデンがこうした状況を放置しているのはどうしてなのかと。

現在『ミレニアム』は、前述のように世界で四千万部以上の売上げを記録するわが国有数の輸出品である。しかも、ただの本ではなくひとつの現象として、ふたつの重大な結果をもたらした。ひとつは、スウェーデンの新しいイメージを世界に広めたこと。もうひとつは、スティーグと彼の作品を無限に販売できる商品に変えたことだ。

スティーグの著作を管理させてほしいと私が求める理由はそこにある。私の弁護士が二〇〇六年から行なってきた提案もこの目的に沿ったものだ。私たちは毎回、提案が受け入れられた場合に私が受け取ることになる著作権料の額をラーソン親子に決めてもらい、彼らが引き続き収入の大部分を得られるようにすると伝えた。そのたびに音沙汰なしの状態が続き、長いあいだ待たされたあとで拒絶の返事が届くのだった。私の弁護士サラ・ペーシュ＝クラウセは二〇〇九年十一月、スウェーデンのメディアに事情を明かした。「私たちが求めているのはスティーグ・ラーソンの著作者人格権の獲得であることを知ってほしいと思います。二〇〇六年の春以来、私たちはこの趣旨に基づいてさまざまな要求を行なってきましたが、一度も回答を得ていません」

二〇〇九年の二月から夏にかけて、『ミレニアム』のアメリカでの映画化をめぐってイエローバードとハリウッドのソニーが交渉を始めたことをメディアが伝えた。アメリカは道義的価値観の高い国でもあり、スウェーデンと違って十二の州で結婚していないパートナーの相続権が認められているので、私は今後の展開に関心を持っている。だからこの報道に失望してはいない。

二〇〇九年十月二十五日、スウェーデンの夕刊紙『アフトンブラーデット』から電話があり、日刊紙『ダーゲンス・ニューヘーテル』が翌日載せる記事について知らされた。ラーソン氏の遺族はあなたに二百万クローネ（約二十一万八千ユーロ）を払うそうですが、何かコメントはありませんか、という。私は、自分も弁護士も何ひとつ聞いていないと答えるしかなかった。それで『アフトンブラーデット』には何も載らなかった。

一週間後の十一月二日、やはり大手の日刊紙『スヴェンスカ・ダーグブラーデット』に、ラーソン親子が私に払う金額が二千万クローネ（約二百十万ユーロ）であるという記事が掲載された。私は今回もまた、何も聞いていないとしか言えなかった。

その日、私の弁護士がラーソン親子の新しい代理人に電話し、新聞記事を信頼できる申し出とみなすことはできないので正式な連絡を待ちたいと伝えた。問題の情報は何カ国ものメディアに広まった。

一カ月後、アメリカの『バラエティ』誌が次のように報じた。〝半月前に始まったソニーとイエローバードとの交渉は、ラーソンの遺族と彼の長年にわたるパートナー、エヴァ・ガブリエルソンとのあいだで権利関係の合意が成立していないため、長引いている〟

このときから、スティーグの著作者人格権をめぐる話し合いが、双方の弁護士をまじえてラーソン親子と私とのあいだで再開された。

話し合いの席でラーソン親子は、『ミレニアム』の印税収入を管理する彼らの会社に、取締役のひとりとして私を迎えるという提案をしてきた。この役職によって私は収支報告と種々の契約の内容を知ることができるが、『ミレニアム』やスティーグのジャーナリストとしての著作の使用については、それらがどのように売られ、使われ、翻案され、変更されようと発言権はないということだった。つまり、述べる意見を二人の社主によって取捨選択される、ただの立会人の役割を求められているのだった。

二〇一〇年四月、私の弁護士は妥協案として、ほかの著作、すなわち『ミレニアム』を除くすべての作品の著作者人格権を私に与えるよう提案した。そして彼らの回答を待った。

二〇一〇年五月、私とグンナル・フォン・シードウの共著『結婚を選ばなかった者たち――その限りない孤独』が出版された。私は二〇〇八年一月ごろから、自分のようなケースはそれほど特殊ではないかもしれないと考えはじめた。同棲が珍しくないスウェーデンには、私と同じ目にあっている人がおおぜいいるにちがいない。調べてみると案の定、同じ不幸に苦しむ男女が数多く見つかった。ところが、共著者も私も驚いたことに、私たちの確固とした論拠、つまり突きとめた人々の数の多さは、統計上意味をなさないとわかった。私たちのような者は国にとっては少数派にすぎないらしく、スウェーデン統計研究所が集めているデータは子どものある同棲者だけなのだ。それ以外はみな独身者に分類されてしまっている。[原注]

私たちが提案を行なってから一カ月半後、ヨアキム・ラーソンとエルランド・ラーソンはメディア向けの談話と私の弁護士に宛てたメールの両方で、私との交渉を打ち切ると回答した。

Fiat iustitia, pereat mundis. たとえ世界が崩れ去ろうと、正義が果たされますように。

原注　スウェーデンは他の国々に先がけて〝最弱者〟と呼ばれるパートナーに最低限の権利を認め、同棲者が置かれた条件を改善しようとしてきた。一九七三年の住居共有法、一九八七年の財産共有法がそれである。二〇〇三年、これらの権利は二人で生活する同性愛者にも認められるようになった。現在この法律の恩恵を誰よりも受けているのは離婚した夫婦である。遺言書もなくパートナーに先立たれた同棲者は、法の不備に直面する（遺言書に特別な記載がないかぎり配偶者の遺産が入る仕組みになっている夫婦の場合と対照的である）。したがって相続問題は当事者同士の協議に委《ゆだ》ねられることになる。

たとえばフランスでは一九九九年以降、PACS（連帯市民協約）によって、自分の死後パートナーに遺産を与えると遺言書に記せば、あるいはPACSの署名時に、協約成立以降得られた財産を共有のものとする届け出をすれば、残されたパートナーに相続権が認められる。

（出典：Eva Gabrielsson & Gunnar von Sydow, *Sambo—ensammare än du tror*, Blue Publishing, 2010）

SUPPORTEVA.COM

二〇〇九年四月初め、元ジャーナリストで現在ノルウェーのエッダ・メディア社の社長を務めるヤン・M・ムーベリと彼の弁護士から、私の弁護士宛てに思いがけない要望書が届いた。

ヤン・M・ムーベリは、スティーグの遺産がどのように彼の父親と弟に渡ったかを取材したスウェーデンのドキュメンタリー番組『ミレニアムがもたらした莫大な遺産』の再放送を見て連絡してきたのだった。番組の中でラーソン親子は、〃問題を解決する〃方法のひとつとしてスティーグの父と私との結婚を挙げていた。

この発言に憤りを覚えたヤン・M・ムーベリと彼の二人の友人は、ウェブサイト（www.supporteva.com）を開設して精神的にも経済的にも私を支援しようと考えた。

〃ドランメン（オスロ南西にある都市）の三銃士〃と自称する彼らは、『ミレニアム』の底に流れる行動と正義の哲学を実践しようとしていたのだ。募金を呼びかけてネット上に私の口座を開き、ノルウェーの弁護士に管理してもらおうというのである。彼らのプロ意識に感心する私に対して、弁護士は承諾のゴーサインを出した。

このノルウェー人たちのしゃれた感覚は私の気分を晴れやかにしてくれた。読んだ『ミレニアム』の冊数と私の陥った状況に対する怒りの度合いに応じて募金に協力するよう、ネット利用者に呼びかけるというのだ。ウェブサイトはそれから三カ月たらずで開設され、外国語のバージョンも次々に作られた。〝サイト閲覧者より〟というページを通じて、世界中から励ましの言葉が届いた。自分の気持ちを伝えることができてよかった、という内容の電話とメールを、知っている人からもまったく知らない人からも同じくらいたくさんもらった。

ウェブサイトが開設される直前、エルランド・ラーソンとヨアキム・ラーソンが雑誌『エクスポ』に四百万クローネ（約四十三万七千ユーロ）、続いて百万クローネ（約十万九千ユーロ）の贈与を行なった。このニュースを知ったムーベリら三人は、かつてスティーグが原稿を寄せたファシズム反対を掲げる二大誌『エクスポ』と『サーチライト』に、ウェブサイトを紹介して一般に広く知らせてくれるよう頼むことにした。『サーチライト』はすぐに応じ、自らのサイトで大きく報じた。『エクスポ』は、私がラーソンの遺族と難しい関係になっているのは気の毒だが、個人間の問題で一方の側につくことはできないと答えた。ノーシュテッツもまた同じ理由を挙げて要請を退けた。

二〇〇九年五月二十五日、ノーシュテッツとラーソン親子は、不正に対するスティーグの闘いを記念して、受賞者に二十万クローネ（約二万一千八百八十ユーロ）を贈る〝スティーグ・ラーソン賞〟の第一回の発表を行なった。賞は『エクスポ』に授与された。

第四部

前に述べたように、スティーグが急死した翌日、エルランドを案内して『エクスポ』へ向から妹のブリットに、私はスティーグのリュックを持っていくよう頼んだ。このリュックには雑誌の次の号の詳しい目次を記した手帳と、『エクスポ』から支給されたパソコンが入っていた。つまりこのパソコンは編集部の備品なのだが、スティーグが書いた記事や『サーチライト』とやりとりしたメール、調査の内容、情報提供者の名前などが記録されている。ジャーナリストが得た情報の出所は守られなければならない、という法律に従うなら、編集部で保管しなければならないものだった。パスワードも設定されていないこのパソコンは六カ月以上そこに置かれたままだった。当時、スタッフのひとりが金庫に入れたらどうかと提案したのだが、金庫を開ける段になって、スティーグ以外の誰も暗証番号を知らないことがわかったのだった。

『ミレニアム』第四部はこのパソコンの中にあると考えられる。

最後の年の夏、私たちが休暇旅行に出発したとき、スティーグはすでに百六十ページ以上を書き上げていて、結果的には二百ページあまりが残された。死に先立つ数週間は、第一部の見直しと第三部の仕上げに加え『エクスポ』の仕事もあったので、第四部を書きすすめる時間はおそらくなかった。

第四部の内容をいま語るのは控えたい。ただ、この未完の作品でリスベットが、過去の悪い思い出からも自分を苦しめた敵からも少しずつ解放されるということは言っておきたい。肉体的、あるいは精神的に自分をひどい目にあわせた相手への復讐を果たすたび、彼女はその相手を象徴するタトゥーを消していく。彼女の場合、ピアスは同世代の若者のファッションに属するが、タトゥーには戦争画に等しい意味がこめられている。リスベットはいろいろな意味で、都会をさまよう自然児のように行動する。動物さながらに本能を働かせ、自分がどんな状況に置かれるか、どんな危険を覚悟すべきか予測する。私もまた、経験したことのない状況に陥ったり未知の人を相手にしたりするとき、リスベットのように自分の本能を頼りにする。私のそんな性格をスティーグはよく知っていた。

スティーグは二年間で二千ページの文章を書いたが、一部の事柄を除いてほとんどノートをとらず、事前の研究や調査もしなかった。なぜそんなことができたか不思議に思われるかもしれないが、説明は難しくない。三十二年間離れることなく暮らした私たちの生活が、ものを書くうえでの供給源になっていたのだ。スティーグの作品は彼の経験の成果であるとともに、私の経験の成果でもある。彼の少年時代の、そして私の少女時代の結晶である。私たちの闘い、活動、旅行、情熱、不安の賜物《たまもの》であり、私たちの人生の要素が組み合わされてできたものである。だから『ミレニアム』を考えるとき、彼から生まれたものと私から生まれたものを区別することは私にはできない。いずれにせよ、この作品を誰かが研究しようとするなら、それぞれの部に何年もの歳月がかかるだろう。

人生のめぐりあわせで、私ではなくスティーグが私たちの生活を材料として小説を書くことになった。スティーグ亡きあと、私が作品の実現に何の寄与もしていないという意見が出るかと思えば、逆に実際の書き手は私だと言われることもある。私に言えるのは、共通の言葉で会話していたのと同じように、私たちふたりはいっしょにものを書くことが多かったということだ。

二〇〇五年八月、ペール＝エリック・ニルソンはラーソン親子とノーシュテッツに対し、スティーグの著作物の著作者人格権を私に与えるよう求める提案を行なった。これが認められれば私は合法的に彼の書いた文章を集めたり、第四部を仕上げたりできる。私にはその自信がある。ペール＝エリックは、この展望によって先方が提案を受け入れるのではないかと考えていた。

だがラーソン親子は提案を退けた。

スウェーデンの法律には、遺産を相続するように強いる条項はない。遺産のすべて、あるいはその一部を寄付することは禁止されていない。また、作品の著作者人格権を別の人間に移すことも法律上可能だ。

パートナーに死なれると同時にすべてを失ってしまう私たちのようなケース、そして私が共著で取材した多くの男女のケースは、時代遅れの法律を一刻も早く改正しなくてはならないことを示している。現行の法律では、知的財産がまるで先祖代々受け継がれる土地であるかのように扱われている。結婚していない間柄にある場合、パートナーに死なれた者は、彼が自分とともに作り上げたものをいきなり取り上げられ、その創造行為を続ける機会を奪われてしまう。しかし、何もしてこなかった人々に遺産が割り当てられたら、道徳的な秩序は危うくなるのではないか。活動しない者が勝利し、活動する者が敗北することになるからだ。そんなことが続けば社会は停滞する。私のケースが大きく報道されてから、同じ生き方をしていたスウェーデン人の多くが同棲していることを公表し、正式の結婚に踏み切った。

テレビに出演したり、雑誌や著書でスティーグに関する疑わしい思い出や首をかしげたくなるエピソードを語ったりする人々とは違う、正真正銘の友人たちが支援してくれたおかげで、私はこの苦しい数年間を乗りこえることができた。この場を借りて彼らに感謝したい。

現在私はスティーグの政治的著作すべてと『ミレニアム』の著作者人格権を得るため、司法の場で争っている。彼のため、私のため、私たちふたりのために闘っている。

彼の名前が商品やブランドになっていくのを黙って見ているわけにはいかない。いまの勢いが続けば、いつかビールのボトル、コーヒーの包装、さらには自動車にまで彼の名前が付けられるかもしれない。俗化と悪用から彼の闘いと彼の理想を守らなければならない。もし生きていたら現在の状況のひとつひとつに彼がどう対処するか、私にはわかる。彼は立ち向かうはずだ。

彼と同じように、私には立ち向かう義務がある。

スティーグが埋葬された日の夜、私は自分を鼓舞するために〝一年生きのびること〟と書いた。数カ月後、彼の一周忌を迎えたときには〝もう一度生き直すこと〟を望んだ。いま私が心静かに書きつける言葉は〝生きること〟だ。家族、仕事、自分に与えられた社会的役割、そして友人のおかげで、私は毎日、前を向いて生きている。

スティーグのために。アフリカに出発した二十二歳のころ別れの手紙にそう書いたように、彼はいまも私に生きろと言うはずだ。

私のために。私たちのために。私たちにふさわしい選択として、私はこれからも生きていくつもりだ。

謝辞

マリー＝フランソワーズ・コロンバニより次の方々に感謝の意を伝えたい。

——全幅の信頼を寄せてくれたエヴァ・ガブリエルソン。

——貴重な情報を与えてくれた北欧文学研究者レジス・ボワイエと、駐仏スウェーデン大使グンナル・ルンド。

——支援を惜しまず、鳥類学の教養まで授けてくれたH・プッサン。

——『ミレニアム』のいち早い読者で、建築関係の知識を与えてくれたミシェル・フィトゥッシと、私の仕事を辛抱強く見守ってくれたブリュノ・ラフォルグ。

訳者あとがき

『ミレニアム』の作者スティーグ・ラーソンの生涯のパートナーでありながら、正式な結婚をしていなかったため遺産相続人にも『ミレニアム』の著作権者にもなれないという不運に見舞われたエヴァ・ガブリエルソンが、ついに口を開いた。ここで彼女は生前のスティーグの姿を生き生きと語り、彼が急逝《きゅうせい》してからの遺族との緊張関係を、当時の日記に基づいて詳細に明かしている。

共著者のマリー＝フランソワーズ・コロンバニは雑誌『ＥＬＬＥ』の論説記者で、初めはガブリエルソンに英語で回想録を書くことを提案したという。最終的に共著となったいきさつについて、ガブリエルソンはフランスのカトリック系新聞『ラ・クロワ』のインタビュー（http://www.la-croix.com/Archives/2011-01-20）で、自分の経験をじゅうぶんな距離を置いて書ける心境にまだ達しておらず、コロンバニに草稿を委《ゆだ》ねる形にしたと述べている。ガブリエルソンへの質問を重ねながらコロンバニがまとめたこの回想録は、二〇一一年一月、『ミレニアム』のフランス語版を出しているアクト・シュドから刊行された。スウェーデンでなくフランスの出版社が選ばれたのはガブリエルソン自身の希望による。翻訳が刊行された国、およびこれから刊行される予定の国は、スウェーデンをはじめとするヨーロッパ諸国、アメリカ、オーストラリア、ロシア、韓国、中国など二十カ国にのぼる。

本書はスティーグ・ラーソンの伝記であると同時に、エヴァ・ガブリエルソンの失意とその克服の記録でもある。まず、伝記的な内容に目を向けてみよう。

スティーグより九カ月年上のガブリエルソンは十八歳のときに彼と出会い、三十二年にわたって生活をともにした。だがここで彼女は、スティーグの生い立ちにさかのぼってその人間形成の軌跡を語っている。両親がかなり若いときに生まれたスティーグは母方の祖父母の家に預けられたのだが、このスウェーデン北部の農村の環境と共産党員だった祖父の影響は、のちにスティーグが左翼思想を実生活に結びついたものとして吸収するうえで大いに役立った。そして学生時代から政治サークルの機関紙に原稿料なしで記事を書き、ジャーナリストになる決意を固めていた。彼が男性としてまれに見るフェミニストになった背景についても、本人の口からは聞けなかったかもしれない事実が明かされている。ジャーナリストとしてのキャリアは順風満帆というにはほど遠く、二十年働いた大手通信社、スウェーデン通信では本領を発揮できる場を最後まで与えられなかった。自ら創刊した雑誌『エクスポ（EXPO）』では財政面で大変な苦労を強いられるが、そんな状況の中、『ミレニアム』を書くことが彼にとっての癒《いや》しだったとガブリエルソンは述べている。全体を通じて、スティーグの愛すべき人柄が伝わってくるのがありがたい。ガブリエルソンが記憶からよみがえらせている彼の言葉はどれも、読んでいて微笑を誘われるような温かいものばかりである。

ガブリエルソン自身の生活記録とも言うべき後半部には独特の緊張感がある。伴侶を失った悲しみに対しても、相続権を得られない不運に対しても、彼女は受け身にとどまることがない。『エクスポ』を存続させるため編集スタッフを励まし、自分自身もカウンセラーによる心理療法を受けてショックから立ち直ろうとする。相続の問題では、『ミレニアム』の第一部から第三部の著作権がスティーグの父と弟のものになった現実を前に、ガブリエルソンはパソコンの中に残されている第四部の原稿の著作者人格権、簡単に言ってしまえば著作物や著者名の公表を許可ないし拒絶する権利を求めて譲らない。この権利を手に入れることによって、まだ出版されていないスティーグの作品を商業主義から守りたい、というのだ。

彼女の主張には、字義どおりに受けとめただけでは理解しにくいところがある。著作を商業主義から守るといっても、商品として流通しなければ読者の手には届かない。スティーグの著作を全集にまとめたいと言っているわけでもない。スティーグの遺族は、日本円に換算して二億円あまりの贈与と印税管理会社の取締役ポストをガブリエルソンに提案したが、彼女はこれを退けている。フランスの日刊紙『ル・モンド』二〇一一年二月四日付によると、本書に対するスウェーデンのメディアの反応はふたつに分かれ、たとえば『スヴェンスカ・ダーグブラーデット』は〝ラーソンの遺族は悪人と呼べるような人たちではない〟と述べて彼らを擁護している。

しかし、彼女の行動を理解する鍵はまさに本書の中にある。彼女は、スティーグがスウェーデン通信で二十年働いていたあいだ、要領のいい人間が彼の労力を巧みに利用して自分の出世に役立てたと考えている。スティーグが所属していたのは報道の第一線ではなかったので、彼の働きを自分の手柄にしてしまう社員がいたのかもしれない。このことに気づいたとき、ガブリエルソンは〝スティーグの働き盛りの労働力をかすめ取られた〟という意識を抱いたと思われる。やがて、才能にめぐまれた彼女のパートナーは大作ミステリを書き上げ、出版社も決まる。だがふたりの生活に余裕が生まれると思った矢先にスティーグが急逝し、『ミレニアム』は血のつながりがあるとはいえスティーグと疎遠だった遺族のものになる。つまりガブリエルソンは、愛する伴侶の労働力と労作をともに奪われたのである。かろうじて手元に残ったものを守ろうとするのは自然なことだ。第四部は彼女にとってスティーグの形見なのである。

回想録や自伝は、過去を穏やかな心境で思い出せるようになってから書くのが望ましいジャンルかもしれない。しかしガブリエルソンの回想録には、いまを逃したら文字に残せるかどうかわからない貴重なものがある。長年連れ添ったパートナーを失うのがどんなことか、それを乗り越えるのがいかに難しいか。逆境の渦中で語られた言葉だけに、訴えてくる力が強い。面白いと思ったのは、部屋の模様替えやソファーベッドにキャスターを取り付ける作業など、手を動かすことが悲しみの克服に重要な役割を担《にな》っている点だ。ひとりで床を張り替えてしまうところなど、建築家の一面がよく表われている。そして彼女は、スティーグの書斎を面影《おもかげ》が残らないまでに新しい部屋に変える。新しい生活を始めるためには思い出と決別することも必要なのだろう。

本書には『ミレニアム』の読み方のヒントも含まれている。登場人物、土地、喫茶店などの名前を作者がどんな思いをこめて書き込んだかがわかるので、耳慣れないスウェーデン語の固有名詞がにわかに個性を帯びて感じられるようになるはずだ。とりわけガブリエルソンは、脇を固める登場人物にも主役級の人物に劣らぬ重要性があることを教えてくれる。かく言う私も、第三部の冒頭を訳しているときは医師アンデルス・ヨナソンについての長い記述にじりじりし、頼むから早くリスベットを手当てしてくれ、と叫びたくなったのだが。スティーグ・ラーソンの記述は確かに長いが、中身がいっぱいに詰まった長さであって、けっして冗長ではない。そして、各人物を緻密《ちみつ》に描き出すこの記述のおかげで、ひとりひとりの人物が私たちの頭にしっかりと印象づけられるのだ。ガブリエルソンの指摘に触れて、現代人の図鑑ともいうべき『ミレニアム』の価値を改めて思い起こした。第四部の扱いを含め、彼女の今後の動静に注目したい。

翻訳にあたっては、『ミレニアム1　ドラゴン・タトゥーの女』『ミレニアム3　眠れる女と狂卓の騎士』で仕事をご一緒したヘレンハルメ美穂さんに協力をお願いした。面倒な質問にも快く答えてくださったことに感謝している。株式会社リベルの山本知子さん、早川書房編集部の松木孝さんにはたいへんお世話になった。厚く御礼申し上げる。

二〇一一年十一月

ミレニアムと私《わたし》
2011年11月20日　初版印刷
2011年11月25日　初版発行
＊
著　者　エヴァ・ガブリエルソン
　　　　マリー＝フランソワーズ・コロンバニ
訳　者　岩《いわ》澤《さわ》雅《まさ》利《とし》
発行者　早　川　浩
＊
印刷所　三松堂株式会社
製本所　大口製本印刷株式会社
＊
発行所　株式会社　早川書房
東京都千代田区神田多町2－2
電話　03-3252-3111（大代表）
振替　00160-3-47799
http://www.hayakawa-online.co.jp
定価はカバーに表示してあります
ISBN978-4-15-209258-8　C0098
Printed and bound in Japan
乱丁・落丁本は小社制作部宛お送り下さい。
送料小社負担にてお取りかえいたします。